LEUR MARIÉE ENLEVÉE

LA SÉRIE DU MÉNAGE BRIDGEWATER - 1

VANESSA VALE

Copyright © 2019 par Vanessa Vale

Ceci est une œuvre de fiction. Les noms, les personnages, les lieux et les événements sont les produits de l'imagination de l'auteur et utilisés de manière fictive. Toute ressemblance avec des personnes réelles, vivantes ou décédées, entreprises, sociétés, événements ou lieux ne serait qu'une pure coïncidence.

Tous droits réservés.

Aucune partie de ce livre ne peut être reproduite sous quelque forme ou par quelque moyen électronique ou mécanique que ce soit, y compris les systèmes de stockage et de recherche d'information, sans l'autorisation écrite de l'auteur, sauf pour l'utilisation de citations brèves dans une critique du livre.

Conception de la couverture : Bridger Media

Création graphique : Bigstock- Lenor; Period Images

1

MMA

« Faites d'elle ce que vous voudrez. Je m'en lave les mains. »

Ces mots accompagnèrent mon réveil, alors qu'une épaisse et inhabituelle brume m'entravait encore l'esprit. Tous mes souvenirs s'embrouillaient, j'avais les oreilles garnies de coton, les paupières lourdes, chargées de plomb, impossibles à ouvrir, et un goût amer collé sur la langue. Mon crâne résonnait au rythme des battements de mon cœur. Je n'avais pas le courage de quitter la chaleur rassurante de cet état de stupeur.

« Pourtant, il ne serait pas bien difficile de la caser. Un mariage rapide. Avec ce visage et ce corps, elle peut attirer n'importe quel homme, répondit une femme devant l'insistance de son interlocuteur.

— Non, dit l'autre d'un ton d'emphase, sec. Cela ne saurait suffire. L'argent, s'il vous plaît. »

J'avais suffisamment recouvré mes esprits pour reconnaître cette voix. C'était celle de mon demi-frère, Thomas. À qui parlait-il et pourquoi ? Le sujet de cette conversation était étrange, comme tout le reste. Pourquoi venaient-ils débattre dans ma chambre, alors même que j'y dormais ? Il fallait que j'en aie le cœur net.

Après un dernier effort, je parvins à me redresser et à soulever une paupière avant d'ouvrir grand les yeux, surprise. Je n'étais pas dans ma chambre ! Les murs n'étaient pas bleu œuf de merle, mais rouge rubis criard. Mal éclairée, la pièce était parée de couleurs tapageuses, des rideaux de velours rouge pendaient aux fenêtres. L'endroit respirait la décadence, l'extravagance, les méfaits sordides. Je me frottai les yeux afin de m'assurer que je ne rêvais pas et il me fallut un moment pour reprendre mes esprits.

Près de la porte, Thomas se tenait debout, bien droit, et présentait ses paumes à la femme avec laquelle il discutait, qu'il dépassait d'une tête. Elle portait une robe de satin vert émeraude dont débordaient son ample poitrine, mais qui soulignait sa taille fine. Ses cheveux d'un noir de jais étaient coiffés à la dernière mode, dans un inventif chignon qui laissait retomber quelques boucles sur sa nuque. Elle était belle avec sa peau d'albâtre, ses lèvres joliment maquillée et ses yeux assombris par une touche de khôl. Elle était tout aussi décadente que ce décor.

Elle s'approcha avec grâce d'un grand bureau, situé devant une cheminée sans feu, et en tira doucement un des tiroirs. Ses yeux se posèrent sur moi et elle découvrit que j'étais réveillée, mais ne l'indiqua pas à Thomas. Elle récupéra une petite liasse de billets qu'elle lui tendit. Il était grand, robuste et imposant, capable de toiser la plupart des hommes. Mais pas cette femme. Elle ne broncha pas, ne minauda pas. Elle releva le menton avec dédain en terminant la transaction.

« Thomas. » Je dus m'éclaircir la gorge, car ma voix était enrouée. « Thomas, qu'est-ce qu'il se passe ? »

Ses pupilles sombres s'étrécirent quand il fixa son regard sur moi. Leur intense noirceur ne trahissait que la haine. Une haine nouvelle qui venait remplacer le complet désintérêt qu'il me réservait habituellement. J'avais cinq ans quand son père avait épousé ma mère, Thomas en avait quinze – nos deux parents veufs depuis des années. Ils s'étaient unis pour des raisons pécuniaires plutôt qu'affectives et, à leur mort – lui à cause d'une chute de cheval, elle une année plus tard des suites d'une maladie des poumons –, je m'étais retrouvée sous la tutelle de Thomas. Bien qu'il n'ait jamais fait preuve d'affection à mon égard, je n'avais jamais manqué de rien.

« Te voilà réveillée, grommela-t-il en grimaçant. Je pensais que cette dose de laudanum aurait plus d'effet. »

Je restai bouche bée. Du laudanum ? Pas étonnant que j'aie du mal à faire le net. « Quoi... Je ne comprends rien. » Je passai une main dans mes cheveux – plusieurs de mes épingles à cheveux étaient tombés et de longues mèches s'échappaient de mon chignon serré. Humectant mes lèvres sèches, je fixai tour à tour cette inconnue et mon Thomas.

Mon demi-frère était un homme séduisant, d'un genre austère et traditionnel. Il était toujours précis, concis et rigoureux. Strict également, sévère. Avec son costume noir, ses cheveux noirs et gominés, sa moustache fournie, mais bien entretenue, il avait fière allure. D'aucuns affirmaient que nous nous ressemblions, malgré notre absence de lien de parenté – le même bleu brillant de nos yeux, les mêmes cheveux noirs comme la nuit. Pourtant, nos physionomies différaient en tout. Les habits de Thomas reflétaient ses émotions : austère et nerveux, des traits qu'il tenait de son père. De mon côté, j'avais la réputation de rester toujours placide et de préserver la paix du foyer. À la mort de nos parents, j'avais emménagé avec Thomas, son épouse, Mary, et leurs trois enfants. Au milieu de tout ce remue-ménage, j'étais toujours capable de garder ma bonne humeur, contrairement à mon frère de nature moins généreuse.

Thomas soupira, comme si j'étais un enfant récalcitrant lui faisant perdre son temps. « Je te présente Madame Pratt. Je lui cède ta tutelle. »

Madame Pratt ne ressemblait à aucune des femmes mariées que je connaissais. Aucune n'aurait osé porter cette même robe colorée, au tissu soyeux et à la coupe audacieuse. Son visage ne trahissait aucune émotion, comme si elle rien de cette conversation ne l'intéressait.

« Je n'ai pas besoin d'une nouvelle tutrice, Thomas. » Je remuai pour m'extirper du fauteuil dans lequel j'avais dormi. Pouvait-on dire « dormir, » quand il s'agissait d'un sommeil artificiel, drogué ? Ce fauteuil jurait avec le reste des meubles qui décoraient la pièce, sans doute le bureau de Madame Pratt. Je ne souhaitais pas mener cette conversation en restant allongée, je me sentais désavantagée. J'ajustai ma robe et tâchai de me rendre présentable, mais je ne pouvais pas faire grand-chose sans miroir ni peigne. « Si tu trouves que je gêne, je suis tout à fait capable de me trouver mon propre foyer, je ne suis pas sans ressources. »

Notre père avait possédé une mine d'or, près de Virginia City, et l'argent avait coulé à flot pendant un temps. Après quelques placements judicieux, notre famille n'avait plus jamais manqué de rien. Le chemin de fer nous livrait tous nos caprices, malgré notre situation reculée dans le fin fond du Montana. Cette fortune avait aidé Thomas à affermir son rang au sein du conseil municipal. Ses intérêts en politique et son avenir à Washington l'invitaient à dépenser ces fonds avec discernement.

« Non. Tu n'as plus rien. » Il scruta les ongles d'une de ses mains.

À ces mots, je me levai d'un bond, stupéfaite. Les murs

vacillèrent un instant et je dus m'agripper au fauteuil pour rester debout. Je n'avais plus rien ? Le compte aurait dû me suffire toute une vie. « Plus rien ? Comment ? »

Il haussa les épaules négligemment, croisant brièvement mon regard. « J'ai tout pris

— Mais c'est mon argent. » J'écarquillai les yeux, je sentais mon estomac se nouer, sans doute sous l'effet des opiacés, mais peut-être aussi sous le coup des paroles de mon frère et de son indifférence.

« Rien ne m'empêchait de le prendre et je l'ai pris. En tant que tuteur légal, j'ai le droit de gérer tes fonds. La banque ne peut rien faire contre cela.

— Pourquoi ? » demandai-je, incrédule. Il savait très bien que je ne parlais pas de ses droits ni de la banque, mais de la moralité de ses actions.

Madame Pratt se contentait d'écouter, les mains jointes au niveau de la taille. Je ne devais compter sur aucune aide.

« Tu as vu quelque chose que tu n'aurais jamais dû voir. J'ai besoin que tu disparaisses.

— Comment... » Ayant compris ses insinuations, je ne terminai pas ma phrase. J'avais effectivement vu quelque chose. Un matin que Mary et moi emmenions les enfants à l'école avant de rejoindre les dames auxiliaires afin de planifier le prochain pique-nique municipal, un des enfants avait oublié son déjeuner et je m'étais portée volontaire pour retourner à la maison et le lui rapporter pendant que Mary irait à notre rendez-vous. Vu l'ennui qui régnait au cours de ces réunions, je n'étais pas mécontente d'y échapper et d'éviter ainsi les manigances des femmes plus âgées qui tenaient absolument à me trouver un mari. J'avais tout juste vingt-deux ans et mon célibat les démangeait. Leur but était de me caser avant mon prochain anniversaire. De mon côté, je n'y voyais aucune urgence et le profil méfiant et désagréable de mes prétendants n'arrangeait rien à l'affaire.

Mais je n'avais pas trouvé le déjeuner dans la cuisine, j'y avais découvert Clara, notre femme de chambre, allongée sur la table. La jupe de son uniforme gris lui remontait jusqu'à la taille, ses collants blancs pendus à une de ses chevilles, et Allen, le secrétaire personnel de Thomas, se tenait entre ses cuisses écartées. Sa braguette était défaite et son membre viril déballé – il besognait Clara avec vigueur. Je n'avais pas prononcé le moindre mot, cachée dans l'embrasure de la porte. Le couple n'avait pas soupçonné ma présence et j'avais assisté à leurs ébats. J'avais bien une petite idée des choses que faisaient ensemble un homme et une femme, mais je n'avais jamais eu l'occasion d'en apprendre plus, en tout cas pas de cette manière. Pas sur la table de la cuisine !

Avant de mourir, ma mère m'avait incitée à ne faire ces choses que la nuit, dans le noir complet, sans jamais montrer le moindre centimètre carré de peau – sauf quand il était impossible de faire autrement. Devant l'intensité et la vigueur des mouvements d'Allen, je me disais que Clara devait souffrir ou qu'elle allait bientôt s'en plaindre, mais l'expression de son visage, sa façon de rejeter la tête en arrière et de s'agiter contre la table en bois me fit rapidement comprendre que je me trompais. *Elle adorait ça !* Mère m'avait décrit une corvée, mais Clara ne partageait vraisemblablement pas cet avis. L'extase qui se lisait sur son visage était sincère.

J'avais ressenti un picotement entre mes cuisses à l'idée de vivre la même chose, de me sentir à la merci d'un homme et d'oublier tout le reste. Quand Clara avait commencé à se caresser la poitrine, j'avais senti mes tétons se durcir, brûlants d'être touchés. Elle ne s'était pas contentée d'apprécier les attentions d'Allen. Rien qu'à voir sa façon de se cambrer et de gémir, il était évident qu'elle en raffolait. J'aurais voulu ressentir les mêmes émotions. Je voulais crier de plaisir. L'idée d'être malmenée par un homme de cette manière m'excitait. Mon sexe s'était gonflé d'une humidité inhabituelle et je m'étais mise à le caresser d'une main légère, sans soulever ma robe. Je n'avais retiré ma main qu'après avoir ressenti un éclair de plaisir, je m'étais retrouvée stupéfaite. Si mes doigts suffisaient à me procurer de telles sensations, qu'allais-je bien pouvoir ressentir sous les coups de boutoir d'un homme viril ?

Allen avait encore effectué quelques va-et-vient avant de se raidir et de gémir comme s'il venait d'être blessé. Au moment de séparer son sexe violacé, humide et luisant, de celui de Clara, il y avait révélé une crème blanche et généreuse. Il avait placé les pieds de son amante au bord de la table de manière à l'exhiber dans toute sa vulnérabilité. La jeune femme n'avait pourtant pas semblé s'en soucier, trop essoufflée pour se laisser aller à la pudeur ou simplement trop impudique.

Je m'étais délectée de sa débauche, de son corps repu et satisfait. Je désirais connaître les mêmes sensations et je voulais qu'un homme me les procure. Pas Allen, mais un homme rien qu'à moi.

Ce désir s'était vite évaporé quand Thomas, que je n'avais pas vu jusque-là, était apparu et avait pris la place d'Allen entre les cuisses de Clara. Il s'était penché pour lui agripper le corsage et l'avait arraché – les boutons ricochaient un peu partout dans la pièce. Il avait approché ses lèvres des tétons nus de Clara et les avait sucés, l'un après l'autre. Je n'avais jamais imaginé qu'un homme puisse faire cela.

Ensuite, il avait ouvert sa braguette et libéré son membre. Il était plus gros et plus long que celui d'Allen et quelques gouttes perlaient à son extrémité. Le secrétaire était resté tout près, rhabillé et captivé, les bras croisés contre son torse. Thomas avait ajusté sa position de manière à mieux satisfaire Clara et elle s'était cambrée, le dos soulevée, au moment où il s'était enfoncé complètement –

des gémissements de plaisir résonnaient dans toutes la pièce.

Mon halètement m'avait trahie à ce moment, j'avais dû émettre un son qui tranchait avec les cris que poussait la femme qu'il étreignait, parce qu'il s'était alors tourné vers moi. Au lieu d'arrêter, il avait intensifié ses mouvements, la tête de Clara dansant contre le bois.

« Tu peux regarder, ça m'est égal, m'avait dit Thomas en souriant, positionnant ses paumes contre la table de manière à mieux pénétrer Clara. Ce n'est pas plus mal qu'une vierge en profite. Tu pourrais apprendre quelques trucs. »

À ces mots, je m'étais enfuie, sans plus penser au déjeuner manquant.

Tout cela s'était déroulé quelques jours auparavant et depuis je n'avais fait que croiser Thomas, j'avais fait mon possible pour l'éviter. Je ne savais pas quoi lui dire et ne savais pas si je serais capable d'à nouveau le regarder dans les yeux maintenant que je savais non seulement qu'il partageait ses conquêtes avec son secrétaire, mais qu'il avait surtout brisé ses vœux de mariage. Mary soupçonnait-elle ces infidélités ? Je me doutais bien qu'il ne s'agissait pas d'une première fois. Les deux hommes avaient eu l'air beaucoup trop à l'aise et devaient avoir partagé ce genre d'intimité avant. Je m'étais très vite éloignée de Clara et d'Allen également.

« Tu sais très bien de quoi je parle. Je ne peux pas te laisser déballer tous mes petits secrets à tous les habitants de la ville. Et puis ces tendances au voyeurisme ne siéent pas à une femme de ton rang. Je ne peux décemment pas te caser avec un de mes amis en connaissant ces penchants indécents. »

2

MMA

Il avait prononcé ces derniers mots comme s'il m'accusait d'avoir participé à sa place à ces ébats coupables. Il me reprochait à moi des penchants indécents ? Alors qu'il n'avait aucun respect pour sa pauvre épouse !

« Voyeurisme ? Je n'aurais pas continué à regarder si j'avais su. Vous étiez dans la cuisine en pleine journée. Thomas, je n'aurais... »

Il m'interrompit d'un geste de la main. « Peu importe de toute façon. Je ne peux pas risquer ma carrière en te gardant près de moi. Il suffirait d'un mot de trop pour que mon avenir à Washington s'évapore.

— Tous les hommes entretiennent des maîtresses, Thomas. Cela ne surprendrait personne, lui répondis-je. Mary est sûrement déjà au courant. »

Il rit froidement. « Mary ? Je ne m'inquiète pas de ma

femme ou de ce qu'elle peut en penser. Je sais qu'elle ne dira jamais rien contre moi. Je suis en position de m'en assurer. »

Je grimaçai en imaginant ce qui allait lui garantir ce silence. Mary était une femme docile et je commençais à comprendre pourquoi. Elle n'avait aucun droit de protester ou de se plaindre des caprices de son mari. Une bonne épouse restait toujours à la merci de son homme.

« Et tu ne t'inquiètes pas de savoir ce qu'en diront Allen et Clara ? » Je n'étais pas la seule à partager le secret de ses aventures extra-conjugales.

Thomas leva les yeux au ciel. « Parlons sérieusement, Clara n'a aucune importance et Allen connaît sa place. Il est tout aussi déterminé que moi à rejoindre Washington. »

Je n'osais imaginer le sort qu'il réserverait à Clara s'il était vraiment capable de vendre un membre de sa famille à Madame Pratt. Je me tordais les mains. Thomas ne comptait reculer devant rien pour se débarrasser des problèmes et des tracas qui se trouvaient dans son passage. Et c'était tout ce que je représentais maintenant pour lui.

Je n'avais aucune raison de rester là à l'écouter. Je m'approchai de la porte, prête à partir, mais il leva la main. « Tu n'as plus d'argent, plus d'amis. Il ne te reste que les vêtements que tu as sur le dos. »

Je secouai la tête, encore incrédule. « C'est de la folie, Thomas ! » Frustrée, j'agitai mes mains devant moi. « J'ai encore des amis, une belle-sœur et des voisins ! J'ai l'argent de Père ! Il me suffit de passer cette porte, de trouver dans la rue quelqu'un que je connais et je sais qu'on m'aidera.

— Je te répète que tu n'as plus d'argent et nous ne sommes pas à Helena. »

Les bras ballants, je sentis un vide envahir mon ventre. « Quoi ? Tu ne peux pas. Je suis adulte.

— C'est vrai, mais dans son testament ton père me confiait ta garde jusqu'à ce que tu fêtes ton vingt-cinquième anniversaire ou que tu te maries. Tu n'as voulu épouser personne et je peux faire ce que je veux de ton argent.

— C'est toi qui as fait fuir tous les bons partis ! criai-je, comprenant finalement ses manigances. Tu as toujours voulu me dépouiller. »

Il m'adressa un sourire sans chaleur. « Nous nous trouvons à Simms, dans l'établissement de Madame Pratt. Si tu passes cette porte, tu te retrouveras à la rue dans une ville que tu ne connais pas, où tu ne connais personne qui pourrait venir à ton secours et, pour survivre, tu n'auras pas d'autre choix que de revenir ici. De toute façon, je ne crois pas qu'elle te laisserait partir. Madame Pratt ? » Il ne lui laissa pas le temps de répondre. « Elle m'a versé une coquette somme et elle voudra sans doute que tu la rembourses en écartant les cuisses. (il renifla.) Tu as eu l'air d'apprécier les batifolages de Clara, tu ne seras pas dépaysée. » Il me détailla des pieds à la tête avant de se tourner vers Madame Pratt. « Ce fut un plaisir de faire affaire avec vous.

— Monsieur James, » acquiesça-t-elle en lui ouvrant la porte. Elle allait vraiment le laisser partir ?

Thomas quitta la pièce et je me vidai de toutes mes émotions. Je venais d'être vendue à un bordel ! Cette idée même me paraissait ridicule, inimaginable, et pourtant j'en étais là. J'avais les larmes aux yeux.

« Ne broyez pas du noir, Miss James. Au moins, vous ne dépendez plus du bon vouloir de cet homme odieux. » Elle grimaça et ferma la porte derrière lui. J'eus l'impression que ma vie s'achevait, que cette porte me la dérobait et que j'allais devoir m'en bâtir une nouvelle. Et c'était peut-être ce qui m'effrayait le plus. À quoi pourrait bien ressembler cette nouvelle vie ? Allais-je devoir m'occuper d'hommes en tout genre comme l'avait fait Clara avec Allen ou souffrir entre les mains cruelles d'hommes tel que Thomas ?

J'essuyai frénétiquement mes joues humides. « Maigre

consolation, répondis-je en fixant les motifs orientaux et extravagants du tapis. L'alternative, du moins la description qu'en fait Thomas, n'est guère attrayante.

— Cet homme, votre demi-frère, vous a vendue. » Elle désigna la porte de l'index. « Il ne mérite pas qu'on s'attarde sur son sort. Je vous le dis, bon débarras. » Sa douce voix s'alourdit de notes sévères alors qu'elle balayait mon passé d'un revers de main.

« Pourquoi avoir accepté de traiter avec lui, alors ? Pourquoi m'avoir achetée ? »

Ses jupons bruissèrent quand elle traversa la pièce. « Pour gagner de l'argent, bien sûr. J'ai malgré tout un petit faible pour les femmes dont la vie est en danger. Faites-moi confiance, vous êtes plus en sécurité sous mon toit que sous le sien. »

Je relevai le menton, beaucoup moins convaincue. « J'imagine, tout dépend de ce que vous comptez faire de moi.

— Tu es vierge, » affirma-t-elle.

Je rougis furieusement, les joues en feu.

« Il me suffit de voir ta réaction pour savoir que j'ai raison, » répondit-elle en s'asseyant sur la chaise à côté de son bureau. Elle gardait le dos bien droit et ajustait sa robe. Elle n'était peut-être qu'une mère maquerelle, mais elle affichait les manières d'une dame.

Je baissai les yeux et fixai la robe d'un bleu pâle que j'avais passée le matin même. Thomas avait dû verser le laudanum dans mon café, me disais-je. Je le buvais noir et l'amertume avait très bien pu masquer le poison. Je me rappelai avoir mangé quelques tartines de marmelade dans le séjour et puis plus rien.

« J'imagine que pour vous la virginité est une marchandise comme une autre. Vous êtes une mère maquerelle, n'est-ce pas ? » Je voulais m'assurer de sa profession. Je me doutais bien qu'elle ne gérait pas une agence de gouvernantes.

Elle acquiesça. « Effectivement. Mais contrairement à ce Monsieur James, je vais te laisser le choix. »

Je haussai un sourcil, prête à entendre mes options, qui n'allaient sans doute pas me plaire, j'en avais bien peur. Mieux valait-il sans doute s'asseoir et j'allais donc m'effondrer dans le fauteuil qui m'avait servi de lit.

« Tu peux travailler pour rembourser ta dette. Vu ton innocence, tu seras tout de suite très populaire, je t'assure. Tu es très jolie qui plus est – le succès ne se démentirait pas de sitôt. Tu es tombée dans la meilleure maison de passe de la région et nous satisfaisons même les demandes les plus inhabituelles. Les autres filles t'apprendront tout ce que tu dois savoir pour combler un homme, en plus des façons les plus agréables de baiser. »

Je restai bouche bée en entendant ces mots grossiers, mais ils étaient en rapport avec sa profession et devaient faire partie de son quotidien.

Pour me calmer et reprendre le fil de mes pensées, je baissai les yeux et fixai mes mains. Une douleur sourde m'emplissait le crâne – sans doute le contre-coup de la fourberie de Thomas – et j'avais du mal à réfléchir clairement. « Et... Et l'autre option ?

— Tu peux me rembourser en une soirée. Et même dès ce soir. »

La proposition était trop belle pour être vraie et je savais qu'il y aurait un lourd prix à payer. Elle vendait certes des plaisirs charnels, mais elle restait malgré tout une femme d'affaires.

« Ah ? demandai-je, impatiente d'en apprendre plus.

— J'organise une vente de mariées. »

Je fixai Madame Pratt, sans savoir quoi dire. Venait-elle

de prononcer les mots « vente » et « mariées » dans la même phrase ? J'allais être vendue au plus offrant ?

« Je vous demande pardon ? » dis-je, décontenancée.

Madame Pratt me sourit aimablement. « Je connais plusieurs hommes à la recherche d'une épouse qui saurait assouvir leurs plus intenses pulsions et accepter leur forte personnalité. »

Je fronçai les sourcils. Je me sentais bien incapable de jouer ce rôle. « Comme vous l'avez dit vous-même, je suis vierge. Je n'y connais rien et les mots « intenses pulsions » ne veulent rien dire pour moi.

— Et c'est une très bonne chose, dit-elle en acquiesçant. Je n'ai jamais dit que tu devais savoir quoi que ce soit, mais que tu devais être capable de les assouvir. »

Je grimaçai. « Et il y a une différence ?

— D'importance. » J'espérais qu'elle clarifierait ses propos, mais elle garda le silence.

« Pourquoi êtes-vous aussi certaine que je saurai répondre à ces... attentes ?

— À en croire Monsieur James, la vue d'une femme en train de se faire baiser t'a émoustillée. Est-ce que c'est la vérité ? »

J'essayai tant bien que mal de garder ma contenance. Admettre que le plaisir de Clara m'avait émue revenait à dire que je ne valais pas mieux que les autres filles de Madame Pratt. Cela voulait dire que j'étais réellement une débauchée. J'avais peut-être ma place dans ce bordel.

« Eh bien ? demanda Madame Pratt.

— La femme en question se faisait prendre par deux hommes. Je n'imaginais pas que de telles choses étaient possibles. »

Elle écarquilla légèrement les yeux. « Ils étaient deux alors ? Et les voir t'excitait ? Intéressant. » Voyant que je gardais le silence – j'avais peur de laisser échapper un autre

Leur Mariée enlevée

secret –, elle continua. « Tu l'étais, excitée ? » Elle manipulait mes paroles à sa guise. « Ne t'inquiète pas, tu n'as aucune raison de me cacher ces choses. Je dirige un bordel. J'ai déjà tout vu et tout entendu. Rien de ce que tu diras ne pourra me choquer. »

J'étais incapable de parler, mais j'acquiesçai.

« Ça t'a plu de les regarder ? »

J'acquiesçai à nouveau. « J'ai pris du plaisir à espionner le premier homme et cette femme. Je me serais bien passée de voir mon demi-frère.

— Tu aurais aimé prendre sa place et te faire baiser ? »

J'affrontai son regard, sans ciller. « Oui, » murmurai-je.

Elle se leva, sa robe satinée flamboyant à la lumière. « Que choisis-tu ? Travailler ou épouser le plus offrant ? » Elle me fixait de ses yeux bleus. Elle attendait.

Ses mots ôtaient toute importance à ma vie, comme si cette décision était facile. Je n'étais réveillée que depuis quelques minutes, ma tête me faisait encore mal. Et je devais choisir dans l'instant ? « Jamais je n'épouserai un homme comme Thomas. » Mes mains, calées entre mes cuisses, se crispèrent. « Je préfère encore être ravagée par une multitude d'hommes que de passer une vie entière dans le mensonge, l'indifférence et l'infidélité. Ce serait comme vivre dans une prison sans avoir aucun moyen d'y échapper. Vous l'avez rencontré. Me proposer de vivre avec un type dans son genre... Vous ne vaudriez pas mieux que lui. »

Les yeux de Madame Pratt trahirent un soupçon d'émotion. De l'admiration ? De la surprise ? Impossible de le savoir. « Jamais je ne céderai une femme à un homme qui ne serait ni généreux ni tendre. Je suis exigeante avec ma clientèle et protectrice avec les femmes que je présente. Au lit, dominer ne veut pas dire être cruel. »

Je ne comprenais pas bien cette dernière phrase.

« Pourquoi un mariage ? Pourquoi ne pas simplement vendre ma virginité ?

— Tu n'y gagnerais rien après cette première expérience. Une fois souillée, tu n'aurais pas plus de valeur que les autres de mes filles. Plus question de mariage après ça, ton destin serait scellé. Le mariage te permettra de rester une femme respectable. Je ne supporte pas les hommes qui se contentent de prendre et ne rendent jamais rien aux femmes. Mais tu peux encore rester ici et travailler pour moi, si tu préfères. »

Je n'avais aucune envie de me prostituer, l'idée même me donner envie de vomir, mais seule la parole de cette femme m'assurait que je n'allais pas tomber entre les mains d'un salaud. Ses principes étranges – ce souci de ma vertu alors même qu'elle me vendait au plus offrant – me surprenait et me la présentait sous un jour différent.

« J'imagine sans mal le quotidien d'une épouse. Vous pourriez peut-être me décrire l'alternative ? »

Ma requête l'amusa. « Mes filles travaillent de six heures du soir à six heures du matin et peuvent enchaîner jusqu'à une vingtaine de clients. Tu trouveras très vite tes points forts et ils t'aideront à bâtir ta réputation. Au début, bien sûr, ton atout majeur restera ton innocence, mais elle n'a qu'un temps, ensuite il faudra choisir. » Elle haussa négligemment les épaules. « Certaines ne veulent que baiser, d'autres deviennent de bonnes suceuses. Quelques-unes apprécient de la prendre dans le cul. Et puis il y a les jeux de cordes, les jeux de rôle, les partouzes et d'autres choses encore. »

Je l'interrompis d'un geste de la main, incapable d'en entendre davantage. J'en étais restée à cette vingtaine d'hommes par nuit. De toute évidence, elle m'aiguillait vers le mariage. Depuis le départ, elle n'avait sans doute pas d'autres idées en tête et cette histoire de choix n'était qu'une illusion. Je m'humectai les lèvres avant de poser ma question. « Combien avez-vous payé Thomas ?

— Sept-cents dollars. »

Je haussai les sourcils, surprise. Cette somme ne représentait rien pour notre famille et j'aurais pu la rembourser après un simple aller-retour à la banque. Enfin, plus maintenant.

« La passe est à moins d'un dollar et il faudrait t'enfiler des centaines de clients avant d'être quitte. Tu y serais pour un bon moment. Et après ça... » Elle haussa les épaules et laissa le silence terminer pour elle. « Ou alors tu pourrais t'échapper dès ce soir. »

Je grimaçai. D'une manière perverse et alambiquée, elle m'aidait. Elle ne pouvait pas se contenter de me laisser partir ; il y avait trop d'argent en jeu. Ce mariage nous tirait une épine du pied à toutes les deux. Je n'avais pas vraiment le choix. Je n'avais pas le choix du marié non plus. Madame Pratt resterait seule juge le concernant ou les concernant, elle réduirait la liste des prétendants à une poignée d'hommes ayant les moyens de la payer. À en juger par sa profession et son sens des affaires, elle les choisirait en fonction de leurs besoins sexuels et de leur compte en banque. « Vous pouvez me garantir que l'homme que j'épouserai ne sera ni un poivrot, ni un vieillard, ni un mari violent ? »

Elle me regarda dans les yeux. « Promis.

— Alors je... Je choisis les enchères.

— Sage décision. » Elle traversa la pièce et ouvrit la porte. « Comme je le disais, ces hommes veulent que tu combles certaines attentes bien précises. Dominer ne veut pas dire être cruel. Tu feras bien de ne pas l'oublier. »

3

MMA

Quelques heures plus tard, je me tenais devant un groupe d'hommes, vêtue d'une simple nuisette que j'avais achetée quelques jours auparavant. Madame Pratt, qui paraissait pourtant aimable, préférait en montrer un peu plus à ses clients que ce que ma robe laissait deviner. Je me retrouvais à déplorer les qualités mêmes qui m'avaient poussée à faire cet achat – le tissu était si fin qu'il en était presque translucide. Je refusais de regarder les hommes devant moi, je ne voulais rien voir des expressions de leurs visages tandis qu'ils me détaillaient comme un vulgaire cheval. Je préférais encore fixer mes pieds.

Les yeux baissés, je commençai à me demander ce qu'ils pouvaient voir de moi. La couleur de mes tétons était clairement visible, mes tétons s'étaient même dressés. Cette nuisette m'arrivait jusqu'à mi-cuisse et j'étais certaine qu'ils pouvaient distinguer la noirceur de mon entrejambe. Les jolies dentelles qui en égayaient l'ourlet ne faisaient qu'attirer le regard à cet endroit. J'avais éprouvé un certain plaisir à porter des sous-vêtements affriolants sous mes robes pudiques, tant que j'avais été la seule à le savoir, mais les exhiber de cette manière devant toute une ribambelle d'hommes me mortifiait, m'humiliait et m'effrayait même.

Je n'arrivais pas à m'empêcher de me couvrir avec mes bras, de tirer sur l'ourlet de la nuisette, les doigts tremblants, mais Madame Pratt m'avait assuré que mon futur époux préférerait pouvoir se rincer l'œil avant d'effectuer son achat. Il aurait sans doute donc mieux valu que je sois complètement nue, mais je n'allais certainement pas lancer cette idée. Heureusement, la petite pièce dans laquelle nous nous trouvions n'était pas particulièrement bien éclairée, ne s'y allumaient que quelques lampes qui produisaient une faible lumière jaunâtre. Il ne faisait pas froid, mais j'avais malgré tout la chair de poule. Une légère odeur de kérosène mêlée à celle du tabac emplissait l'air.

Je restais plantée là, debout, les bras le long du corps et les doigts pressés les uns contre les autres. Je fuyais toujours du regard ces hommes dont les murmures s'amplifiaient. Madame Pratt était la seule autre personne dans la pièce et je savais très bien que tous les hommes calés au fond de leur chaise en demi-cercle autour de moi avaient le regard braqué sur mon corps. Ils pouvaient se payer n'importe quelle femme en bas, alors pourquoi me choisir, moi ? Pourquoi s'embarrasser d'une vierge sans la moindre expérience quand le bâtiment grouillait de véritables courtisanes prêtes à assouvir leurs pulsions sans réclamer en retour la moindre promesse ? De toute évidence, des hommes qui préféraient ignorer cette option devaient avoir des intentions sincères. J'en avais entraperçu quatre en entrant, mais je n'avais pas osé croiser leur regard. Je n'avais bien sûr pas peur d'être reconnue par l'un d'entre eux – les chances d'une pareille coïncidence étaient faibles dans cette ville –, mais je préférais ne rien voir de leurs réactions devant ce déshabillé. Je ne voulais pas voir leur tête au moment où ils découvriraient mon corps.

« Elle est vierge ? » demanda un homme à ma droite.

Madame Pratt, qui se tenait derrière moi, répondit d'un voix saccadée et étonnamment tranchante. « Je ne vous permets pas de douter de l'intégrité de mes enchères, Monsieur Pierce. »

L'homme déglutit pour marquer sa désapprobation, mais ne répondit rien pas.

« Je veux la voir nue, ajouta un autre.

— Emma, me demanda Madame Pratt sans lui répondre. Qu'as-tu déjà montré à un homme ? »

Je tournai la tête en direction de sa voix et levai les yeux vers elle. « Madame ? » demandai-je d'une voix à peine audible.

« Un homme a-t-il déjà vu tes chevilles ? »

Cette idée même me fit rougir. « Non. » Je baissai le regard et m'intéressai au tapis à mes pieds.

« Ton poignet ? »

Je secouai la tête. « Non.

— C'est la première fois qu'un homme te voit en nuisette ? »

Pourquoi s'évertuait-elle à souligner toute l'ampleur de mon innocence ? Je pris une profonde inspiration pour calmer les battements de mon cœur. J'avais l'impression qu'il allait me traverser la poitrine. Je lui répondis malgré tout : « Oui, madame.

— Monsieur Rivers, vous comprendrez donc que nous réservions la primeur de sa nudité à son futur mari. Il vous suffit de faire la meilleure enchère pour devenir ce fieffé veinard. »

Une voix résonna à ma gauche. « A-t-elle été entraînée à assouvir les besoins d'un mari ?

— Bien sûr que non, Monsieur Potter. Cet entraînement n'incombe qu'à son mari.

— Qui y prendra un grand plaisir. » Cette voix provenait d'un homme en face de moi. Le timbre en était grave, rauque, mais plein d'assurance. Je ne voyais que ses pieds et le bas de ses jambes. Des bottes en cuir, un pantalon noir. Je ne voulais pas lever les yeux. Un plaisir, avait-il dit ? Cet homme se ferait un plaisir de m'apprendre à assouvir ses pulsions ? L'image de Clara, les jambes écartées à la merci des désirs d'Allen, me vint à l'esprit. S'était-elle, elle aussi, pliée aux exigences de son homme ?

« Précisément, ajouta Madame Pratt qui me tira de mes rêveries. Puis-je commencer ? Les enchères débutent à mille dollars. »

Ce montant élevé me surprit. Tant que cela ? Pas étonnant que Madame Pratt désire à ce point me vendre au plus offrant. Elle allait récupérer sa mise de départ et se faire un joli bénéfice au passage.

Et le prix ne fit que grimper. Je n'osais pas regarder qui enchérissait. Je n'ignorais pas l'importance de ce qui se tramait devant moi. Toutes ces voix étaient celles des hommes qui voulaient m'épouser. *M'épouser.* Et ils étaient prêts à payer une petite fortune pour le faire. Il n'y aurait ni cour, ni dîners, ni balades, ni chaperons. Nous n'échangerions jamais de confidences, ni de sourires aguicheurs ou de baisers volés. Ces hommes enchérissaient à cause de ma pureté, de mon apparence et d'une promesse de Madame Pratt, qui leur assurait que je comblerais leurs attentes. Du bout des doigts, j'ajustai ma nuisette tout en continuant à détailler l'impression cachemire du tapis, tâchant de calmer ma respiration. J'allais devoir me débarrasser de mes rêves de mariage d'amour et les remplacer par un arrangement sordide et répugnant.

« Adjugée, vendue ! » dit Madame Pratt qui me fit sursauter. Quoi ? C'était déjà terminé ? Tout s'était passé si vite, il avait suffi d'une minute ou deux, et pourtant toute ma vie venait de basculer irrévocablement. J'étais trop effrayée pour lever les yeux et découvrir l'homme que j'allais devoir épouser. Je n'étais pas très sûre de vouloir savoir qui avait gagné. Dès que je verrai son visage toute cette histoire allait devenir réalité. « Monsieur Kane, Monsieur Monroe, félicitations. Veuillez me suivre, s'il vous plaît. Le docteur et le juge de paix vous attendent dans mon bureau. »

Venait-elle de prononcer deux noms ? Impossible. Elle me prit le bras et me guida hors de la pièce. Tandis que nous traversions le couloir, je remarquai que l'homme aux bottes et au pantalon noir nous suivait. S'agissait-il de Monsieur Kane ? Allait-il devenir mon mari ? Au détour du couloir, je vis qu'un deuxième homme suivait un peu en retrait. J'étais perdue, décontenancée. Tout s'était passé si vite. Nous allions apparemment nous marier dans l'heure. Madame Pratt était une femme d'affaires aguerrie et ne prendrait pas le risque de voir son client, Monsieur Kane, changer d'avis. Une cérémonie de mariage lui garantirait la vente.

Le juge de paix était un homme petit et rond qui portait une moustache éparse. Il lui restait toutefois plus de poils au-dessus des lèvres qu'au sommet du crâne. Une bible à la main, il se leva en nous voyant entrer. Et le docteur l'imita, du moins il devait s'agir du docteur. Il était grand et svelte, tout en longueur, mais séduisant dans son costume sombre. Je jetai un œil en direction de l'homme aux bottes et au pantalon noir, sans oser vraiment le regarder de peur que la réalité me rattrape. L'homme qui le suivait se positionna dans un coin de la pièce. Il portait des vêtements moins formels ; un pantalon noir, une chemise blanche. Ses cheveux étaient plus longs que de rigueur et sa peau bronzée indiquait qu'il passait ses journées au grand air. La couleur de ses cheveux me rappelait un champ de blé, ses boucles comme éclairées par un soleil d'été. De ses yeux verts et perçants, il me dévisageait. Je me sentais presque nue, je ne portais toujours que ma nuisette. J'avais la sensation qu'il voyait à travers le tissu, qu'il voyait ma peau vierge. Au moment où nos regards s'étaient croisés, j'eus l'impression qu'il me perçait à jour, qu'il lisait dans mes pensées. Dans le but de préserver ma pudeur, je ne pus m'empêcher de croiser les bras contre ma poitrine.

Je sentis mes joues s'enflammer et mes tétons se dresser en l'imaginant me reluquer. Devinant, en périphérie de ma vision, le coin de son sourire, je compris qu'il ne viendrait pas à mon secours dans cette parodie de mariage.

« Docteur Carmichael, souhaitez-vous entamer votre auscultation ? » demanda Madame Pratt et je la fusillai du regard.

J'étais comme paralysée. Une auscultation ? Là ? Devant ces hommes ? Je fis le dos rond et tâchai de me protéger du mieux que je le pouvais. Le docteur fit un pas dans ma direction et me vit sursauter.

« Attendez, » l'interrompit Kane en levant la main pour l'arrêter. Je reconnus la voix que j'avais entendu au cours des enchères. « Tu ne veux donc pas voir le visage de l'homme que tu vas épouser ? » Sa voix était grave, sévère, et je compris qu'il s'adressait à moi. Un accent britannique colorait ses paroles, abrégeait ses voyelles. Que venait faire un Anglais dans cet endroit, dans ce bordel où il s'apprêtait à épouser une inconnue ? Sa façon d'interrompre Madame Pratt et le docteur révélait tout son pouvoir et attisait ma curiosité et mes peurs à son égard.

Je fermai brièvement les yeux et avalai ma salive. Je ne pouvais plus y échapper. Je tournai la tête et regardai droit devant moi, mais je ne vis que les boutons de sa chemise blanche. Je relevai le menton et découvris pour la première fois mon futur époux, qui me coupa le souffle. Je remarquai en premier ses yeux. Sombres, tellement sombres qu'ils en étaient noirs – des arcades saillantes les surplombaient. Il me regardait avec une telle intensité, une telle expression de possessivité, que j'eus du mal à détourner les yeux. Il avait les cheveux tout aussi noirs, avec des reflets presque bleutées. Ils étaient coupés court sur les côtés et un peu plus long sur le dessus, une mèche lui retombait sur le front. Son nez était fin, mais légèrement de travers, sans doute cassé depuis quelque temps déjà. Sa mâchoire robuste et bien définie se couvrait de favoris sombres. Ses lèvres pleines s'étiraient en un sourire satisfait, comme s'il savait déjà que j'étais impressionnée par ce que je voyais devant moi.

Il était beau et tellement séduisant. Et grand, il faisait près de deux mètres tout en étant large d'épaules – des épaules vigoureuses et musclées que sa chemise blanche mettait bien en valeur, tout comme son torse ferme qui s'affinait au niveau de la taille. Ses jambes, que je n'avais pas remarquées dans l'autre pièce, étaient longues et, de toute évidence, puissantes. S'il n'avait pas parlé, jamais je n'aurais deviné qu'il était étranger.

À côté de lui, j'étais toute petite, minuscule même. Cet homme, mon futur mari, n'aurait aucun mal à me blesser s'il lui en prenait l'envie, mais la lueur de désir ardent que je lisais dans ses yeux m'indiquait qu'il avait d'autres projets, qu'il attendait autre chose de moi. Je déglutis.

« Eh ben, voilà. Je vois enfin ton visage. Ces yeux bleus sont surprenants chez une femme aux cheveux si noirs. »

Sa voix d'homme cultivé, malgré son caractère rocailleux et rauque, se nuançait d'une touche, comment dire, de tendresse peut-être ? Une tendresse inattendue. Il sourit et une fossette apparut au milieu de sa joue.

« Comment tu t'appelles ? demanda-t-il.

— Emma. Emma James, lui répondis-je, ensorcelée par la douceur de sa voix.

— Je m'appelle Whitmore Kane, mais tout le monde m'appelle Kane. »

Kane. Mon mari s'appelait Kane et il était anglais. Allait-il m'obliger à vivre en Angleterre ? Cette idée m'effrayait. Je ne connaissais rien de l'Angleterre, rien de la vie en dehors du Montana.

« Ian, » dit-il. L'homme qui était resté dans son coin s'approcha, tira une liasse de billets de sa poche de pantalon et la tendit à Madame Pratt après avoir recompté. Cet homme était-il le secrétaire de Kane, comme Allen était celui de Thomas ?

« Nous nous passerons des services du docteur, » indiqua Ian à Madame Pratt qui venait d'empocher l'argent. Il était grand et fort également, il avait des cheveux clairs et un regard sérieux.

« Vous ne souhaitez pas que je vérifie sa virginité ? demanda le docteur, comme si je ne me trouvais pas dans la pièce. C'est un examen rapide. Il suffit qu'elle s'allonge dans ce fauteuil, les genoux contre la poitrine, et j'insère un peu mes doigts de manière à tâter l'hymen. Il vous faut certainement une preuve vu la somme versée. »

Le procédé que le docteur venait de décrire me fit pâlir. Il comptait me tripoter devant trois témoins, sans compter Madame Pratt ? Je fis un pas en arrière et me cognai contre Ian. Heureusement, il avait déjà annoncé que cet examen désagréable ne serait pas nécessaire. Je sursautai malgré tout à son contact et m'éloignai de quelques pas. Cette pièce était vraiment trop petite !

« Je vous assure que je suis tout à fait capable de l'examiner moi-même, » répliqua Kane.

Le docteur ne sembla pas décontenancé par cette réponse

et il se contenta d'acquiescer comme s'il le comprenait très bien. « Certainement.

— Tenez, m'sieur le docteur, je vous ouvre la porte. Pas nécessaire qu'on vous retienne, » dit aimablement Ian, avec un fort accent.

Le docteur Carmichael attrapa une sacoche noire qui était posée sur le bureau de Madame Pratt et passa la porte que Ian ferma derrière lui.

Je pouvais enfin respirer. Il avait suffi qu'il quitte la pièce pour que je sois moins tendue.

Madame Pratt se tourna vers le juge de paix. « Nous sommes tous prêts, Monsieur Molesly. »

Je me trouvais à nouveau instantanément tendue. J'allais devoir épouser un Anglais que je ne connaissais pas du tout.

« Et après la cérémonie, je serais ravie de vous accompagner en bas et de vous laisser entre les mains d'une de mes filles.

— Est-ce que Rachel est disponible ? » demanda-t-il avec un regard brillant d'avidité.

Madame Pratt acquiesça. « Bien sûr. Elle a même demandé de vos nouvelles. »

Cette flatterie le fit se dresser comme un paon – pourtant ces paroles n'avaient sans doute rien de sincère. Elles eurent néanmoins le mérite de l'inciter à accélérer la cérémonie. J'en vins à douter de l'honnêteté de sa vocation. Il s'éclaircit la gorge et commença : « Nous sommes réunis... »

Ce matin encore, j'étais une héritière attablée devant son petit-déjeuner. Et je me retrouvais maintenant en nuisette, mariée à un bel étranger qui venait tout juste de m'acheter, au cours d'une vente aux enchères organisée par un bordel.

4

MMA

« Vous voulez peut-être examiner votre achat ? » commenta Madame Pratt. Elle venait de se débarrasser du juge de paix, sans doute déjà blotti dans les bras de sa Rachel. Cette cérémonie inhabituelle ne lui avait posé aucun problème – ce n'était pas la première fois qu'il s'y collait ; les cajoleries de Rachel n'étaient de toute évidence qu'un moyen de paiement comme un autre.

Ian se plaça à côté de Kane. Tous deux étaient grands et larges d'épaules. Je n'avais aucune idée de leur profession, mais elle devait leur demander des efforts physiques importants, comment expliquer autrement leurs muscles saillants ? Je n'avais pas affaire au genre de gentilshommes qui restent confortablement installés derrière un bureau. De par leur posture, de par l'intensité qu'ils exsudaient, je devinais leur puissance. Et l'un d'entre était mon mari.

L'autre me regardait pourtant avec une lueur possessive. Je les trouvais tous deux très séduisants.

« En effet, » répondit Kane.

Je restai bouche bée, les yeux écarquillés et je fis un pas en arrière, une main levée comme seule défense. « Vous ne pensez tout de même pas... »

Kane leva la main pour m'interrompre. « M'épouser te tire certainement d'une situation bien fâcheuse. J'ai payé une coquette somme pour obtenir ta main. Je pense donc avoir gagné le droit d'inspecter la marchandise. »

La marchandise ? J'avais à nouveau les joues en feu, mais cette fois je ne me sentais pas humiliée, mais indignée. « Je ne suis pas une jument qu'on prépare à la saillie. »

Kane haussa ses sourcils sombres. Il me transperça de ses yeux noirs. « Ah non ? »

Ses mots me laissèrent sans voix et je me détournai, incapable d'affronter son regard.

« Tenez. » Madame Pratt tendit un bocal à Ian. « Ça vous aidera un peu.

— Pas la peine, répondit Kane. Sa petite chatte sera pleine de mouille quand j'y mettrai la main. »

Ma petite chatte ? Je n'avais encore jamais entendu ce terme auparavant et pourtant je savais que c'était un mot grossier qui désignait mon intimité. Je serrai les cuisses. Il allait fourrer ses doigts en moi. *Juste là.* Je ne savais pas ce que voulait dire cette histoire de mouille, mais cet homme ne manquait pas de confiance en lui.

« T'inquiète pas, fillette. Kane va te faire aimer ça, aucun doute. Si vous pouviez nous laisser, Madame Pratt, s'il vous plaît, » dit Ian. Pas Kane, mais Ian. Il comptait rester avec nous ? Dans cette situation ? Je ravalai ma salive et mes angoisses devant de ce duo d'hommes dominants.

Nous laisser ? Je doutais sincèrement que j'allais aimer les caresses qu'avait en tête Kane. Séduisant ou non, il ne m'inspirait pas confiance et j'avais de bonnes raisons de rester méfiante. Cette journée me réservait trop de chamboulements pour que je ne reste pas sur mes gardes.

Madame Pratt ne se fit pas prier pour quitter la pièce ; elle avait empoché son argent et s'était vite débarrassée de moi. Maintenant que j'avais prononcé mes vœux, devant Dieu et devant la loi, Kane ne pouvait plus changer d'avis.

Nous nous retrouvions seuls tous les trois et la pièce me parut tout de suite moins étroite. À côté de Kane et de Ian, je me sentais pourtant minuscule. Menacée, dominée.

« Ton mari ne te plaît pas ? » demanda Kane avec humour.

Le ton qu'il employait me fit faire volte-face pour lui tenir tête, mais je vis à l'expression de son visage que c'était exactement la réaction qu'il attendait. Il voulait que je le regarde, que je les regarde.

« Vos intentions me déplaisent, oui.

— Nous sommes tes maris. Nous finirons bien par te toucher. »

J'écarquillai à nouveau les yeux et je fis quelques pas en arrière, apeurée. « Nous ? Vous deux ? J'ai dû mal entendre. »

Ils secouèrent tous deux la tête. « Non, tu as parfaitement compris. » Kane pointa Ian du doigt et ajouta : « Nous sommes tous les deux tes maris. »

Je trouvais l'idée ridicule et je savais que l'expression de mon visage ne le dissimulait pas. « Je ne peux pas avoir deux maris !

— Légalement, tu es l'épouse de Kane, fillette, mais tu es également la mienne. Je m'appelle Ian Stewart. » La voix d'Ian était encore plus rauque que celle de Kane, plus sombre et il avait un accent plus marqué.

Je secouai la tête, les larmes que j'avais retenues jusque-là me montèrent aux yeux et coulèrent le long de mes joues. « Mais pourquoi ? Je ne comprends pas.

— Comme tu le devines à notre accent, nous sommes britanniques.

— Parle pour toi, grommela Ian. Moi, je suis écossais.

— Je... Je ne vais pas aller vivre en Angleterre, dis-je en secouant violemment la tête.

— Et nous non plus. Nous venons peut-être d'un autre pays, mais notre vie est ici, dans le Montana. »

Il n'avait pas l'air d'être le genre d'hommes qui maniait aisément les mensonges et je me dis que je n'allais peut-être finalement pas vivre dans un pays étranger. J'avais seulement épousé des étrangers. Quelle étrange idée !

Kane croisa les bras contre sa poitrine. « Nous sommes des militaires. Nous avons passé notre vie à défendre les territoires de la Reine et son drapeau. Nous avons été amenés à travailler du côté de Mohamir, au Moyen-Orient, et ce périple nous a ouvert l'esprit concernant les règles de propriété des épouses. »

Mohamir ? Je n'en avais jamais entendu parler, mais je n'étais pas très calée en géographie. « Propriété ? »

Ian balançait le bocal que lui avait donné Madame Pratt d'une main à l'autre comme s'il s'agissait d'une boule de neige. « Une épouse appartient à son mari, pas vrai ? Il peut faire ce qu'il veut d'elle. La maltraiter, la battre, l'insulter. Rien ne peut l'arrêter, ni la loi, ni dieu. Personne ne sauvera une femme de son mari. »

Je sentis mon visage pâlir et je vacillai. Ces hommes ressemblaient à Thomas. Madame Pratt m'avait promis que j'échapperais à la vie que me décrivait Ian. Il s'avança et m'agrippa le coude, son emprise restait étonnamment délicate, malgré sa force et ses mots durs.

« Du calme, fillette, murmura-t-il.

— S'il vous plaît... S'il vous plaît, ne me faites pas de mal, » chuchotai-je en détournant le visage, effrayée à l'idée de ce qu'il allait bien pouvoir me faire. Je ne survivrais pas contre ces deux hommes.

Kane s'approcha de moi et je levai la main pour couvrir mon visage.

« Emma. Emma, fillette, regarde-moi. » La voix d'Ian était insistante, mais sa main ne me serrait pas plus. Je tournai légèrement la tête et le regardai – les regardai –, les yeux mi-clos. Ils me dévisageaient attentivement, la mâchoire serrée, un tendon ressortait au cou d'Ian.

« Jamais nous ne te ferons de mal. Nous ne serons jamais cruels, jura Ian. Nous te chérirons et te respecterons à la mode orientale. Tu seras aimée et protégée.

— De nous deux, ajouta Kane sur un ton solennel. Tu es notre femme et tu nous appartiens. C'est notre devoir de nous assurer que tu es en sécurité, que tu es heureuse, que tu éprouves du plaisir. Et tout commence dès maintenant.

— En contrôlant ma virginité ? Vous ne faites confiance ni à moi ni à Madame Pratt, rétorquai-je.

— Tu éprouveras du plaisir à me voir examiner ton corps, je te le promets, soupira Kane, chagriné par le scepticisme qu'il lisait sur mon visage. Madame Pratt n'aurait pas accepté de quitter la pièce si elle n'avait pas agi de bonne foi, mais je dois savoir la vérité. Nous ne partirons pas d'ici tant que je n'en aurai pas le cœur net.

— Pourquoi ? » demandai-je, décontenancée. Pourquoi avait-il besoin de cette confirmation ? « Nous sommes mariés et il n'y plus aucun moyen de revenir en arrière. Je suis votre femme, vierge ou non. » Je les regardai tous les deux en prononçant ces derniers mots.

« Nous devons savoir si tu es vierge pour ne pas te faire mal la première fois. »

Je ne comprenais pas ce qu'il voulait dire. « Et ma parole ne vous suffit pas ?

— On ne te connaît pas encore, répliqua Kane. Mais nous allons très vite remédier à ça. »

Je reculai d'un pas, levai les yeux vers l'homme à qui j'appartenais désormais, affolée. « Vous... Vous m'y obligeriez ? »

Ian et Kane échangèrent un regard qui en disait long, sans prononcer le moindre mot. Ian fixa le bocal qu'il avait entre les mains, perdu dans ses pensées, et le posa sur le bureau.

« Je me répète, dit Kane. Je suis ton mari. Ian est ton mari. Tu n'as pas le choix, tu dois nous obéir, mais je te peux te promettre, tout comme Ian, que jamais nous n'aurons besoin de te forcer à faire quoi que ce soit. Tu seras au septième ciel avant même que nous ayons terminé. »

Tant d'arrogance ! « Vraiment ? Et pourquoi cela ?

— Parce que tu seras pleine de mouille et que tu n'auras qu'une envie, sentir nos mains sur ta peau, je vais enfoncer mes doigts dans ta petite chatte pour y vérifier ton pucelage et tu n'auras pas envie que je les retire. Je vais te donner tes premiers plaisirs. Tu mouilles ?

— Vous n'arrêtez pas de parler de mouille. » Je fronçai les sourcils, perdue. « Je ne sais même pas de quoi vous parlez. »

Au lieu de s'approcher de moi, il se dirigea vers le fauteuil moelleux et s'y installa. Il s'y étendit, posa ses avant-bras sur les accoudoirs et s'étira les jambes.

« Madame Pratt nous a dit que tu avais vu des gens baiser et que c'est comme ça que tu as atterri ici. » J'écarquillai une nouvelle fois les yeux, mais il continua. « Ils étaient au lit ?

— Non ! Vous sous-entendez que je l'ai fait exprès, que je me suis cachée.

— Ils t'ont laissé regarder alors ? demanda Ian qui se tenait toujours à côté de moi.

— Mais non ! répétai-je, agacée par ces deux hommes qui me bombardaient de questions. Je suis rentrée à la maison et je les ai trouvés là... dans la cuisine.

— Ah. Et est-ce que tu as vu sa queue ? »

Je ne savais pas comment répondre à cette question. Bien sûr que j'avais vu sa queue. Ils étaient en train de... de baiser ! Allais-je perdre de la valeur à leurs yeux si je leur avouais la vérité ?

« Est-ce qu'il lui baisait la chatte ? Il lui prenait la bouche ? Le cul ? demanda Kane.

— Monsieur Kane, par pitié ! » criai-je, les joues enflammées. J'y collais mes paumes. Comment pouvaient-ils parler de ces choses de cette manière ?

« Est-ce qu'elle mouillait, fillette ? continua Ian.

— Je ne sais pas...

— Entre les jambes. » Il m'interrompit de sa voix grave. « Est-ce qu'elle était mouillée entre les jambes ?

— Oui, répondis-je, frustrée et peu habituée à être traitée de la sorte.

— Et là, tout de suite, est-ce que ton minou est aussi mouillé que le sien l'était ? »

Je reculai encore d'un pas et me retrouvai collée contre le bureau. J'en agrippai la surface en bois qui se trouvait derrière moi. Elle me stabilisait, me donnait quelque chose à tenir pendant que le monde vacillait autour de moi. Allait-il un jour s'arrêter de tourner ?

« Bien sûr que non.

— Alors je vais remédier à cela, pour que mes doigts te pénètrent sans peine, répondit Kane, sûr de lui.

— Pourquoi y tenez-vous tant que ça, à me voir mouiller ? demandai-je.

— Parce que ça nous montre que tu es excitée. C'est un signe, une indication de ce qui te plaît, même quand tu affirmes le contraire.

— Quoi ? Non. » Il ne bougeait pas et ne disait rien, alors je continuai. « Je ne voulais rien de tout ça. Je n'ai jamais voulu en arriver là. Thomas m'a droguée et je me suis réveillée là. Je n'avais pas d'autres choix, c'était soit vous épouser, soit travailler pour Madame Pratt. Aucune de ces solutions ne me convenait, je ne voulais pas me marier. Avec aucun d'entre vous. Comment voulez-vous que je sois excitée alors que je n'ai pas mon mot à dire ?

— Qui est ce Thomas ? demanda Ian, les yeux plissés.

— Mon demi-frère.

— C'est lui que tu as surpris en train de baiser ? » demanda Kane.

Je m'humectai les lèvres. « J'ai d'abord vu son secrétaire avec une de nos servantes et ensuite Thomas est arrivé, mais ils m'ont vue et j'ai fui avant d'en voir plus. »

Ian acquiesça. « Je vois. Ton frangin n'a pas l'air d'être un homme honorable. Pas étonnant que tu te méfies des hommes.

— Tu as beau ne pas en vouloir – de ce mariage et de nos attentions –, tu as peut-être envie de nous résister, tu te dis peut-être que c'est la meilleure façon de réagir, mais ton corps nous dira la vérité, » dit Kane.

J'étais sceptique. En plein doute. De quoi parlait-il vraiment ? Mon corps pouvait-il réellement trahir mon esprit de cette manière et lui obéir à lui ? Tout cela était impossible, tout comme le fait d'épouser deux hommes. Et pourtant... Non, je saurai me contrôler. Je croisai les bras contre ma poitrine. « Comment comptez-vous vous y prendre ?

— Je sais que tu as peur. » Il marqua une pause, me regarda attentivement. Quand finalement je pris une profonde inspiration avant d'acquiescer, il reprit. « Réponds juste à mes questions. Je ne te toucherai pas pour l'instant. » Il se pencha vers moi, les mains sur les genoux et me fixa de ses yeux sombres et ensorcelants.

« Vous ne me toucherez pas ? » répétai-je. Je voulais une confirmation. Je reprenais espoir, mais ils pouvaient encore lire mon pessimisme sur mon visage, surtout quand je croisais le regard d'Ian.

« Aucun d'entre nous ne te touchera pour l'instant, clarifia-t-il. J'attendrai que ton corps soit prêt pour m'approcher. »

Je continuai à l'observer avec scepticisme, je n'imaginais pas un instant que mon corps me trahisse, mais il était si sûr de lui !

« Dis-moi, Emma, qu'est-ce qui t'a plu quand tu les as regardé baiser ? » demanda Ian. Il s'adossa contre le mur et croisa les chevilles, détendu. Il se tenait près de la porte, ne me laissant aucune issue. « Pas ton demi-frère. Les autres. »

Je regardai le coupe-papier posé sur le bureau, mes pieds nus, la cheminée vide, mais je ne voulais pas le voir lui. Je ne voulais voir aucun d'entre eux. Ils testaient ma sensibilité.

« Réponds, s'il te plaît. »

Je n'allais pas pouvoir y échapper. Il était visiblement d'une grande patience et il finirait par obtenir ce qu'il désirait. Ils l'obtiendraient tous deux. Comme ils l'affirmaient, je leur appartenais désormais. Oh, mon dieu, deux maris ! Le ton qu'employait Kane, sa façon de prendre possession de la pièce et la posture désinvolte d'Ian les rendaient moins menaçants – c'était sans doute leur intention. Malheureusement, il était impossible d'oublier leur but. Cette approche douce n'était qu'un plan destiné à me faire chavirer et ils révéleraient bientôt leur véritable nature, ce n'était qu'une question de temps. Ces deux hommes avaient une idée derrière la tête, ils n'avaient pas juste envie de moi.

« Je rentrais récupérer le déjeuner d'un des enfants et d'abord je n'ai pas compris ce que je voyais. » Ils se contentaient de me fixer de leurs regards pénétrants, mais ne répondaient rien. « J'étais surprise. Je ne m'y attendais pas –

comment aurais-je pu ? – , je ne m'attendais pas à les trouver dans la cuisine.

— Tu n'as pas répondu à ma question, mais passons. Comment la baisait-il ? » demanda Kane.

Je fermai les yeux brièvement, peu habituée à ce genre de questions. « Elle était allongée sur la table, sur le dos. Il lui soulevait les chevilles et les écartait. Son membre...

— Sa queue. » Cette interruption d'Ian me fit sursauter. « Sa queue, dis-le, petite. »

J'humectai mes lèvres sèches. « Sa... queue était gonflée, dure, rouge et il l'enfonçait en elle, encore et encore.

— Il lui ramonait le minou avec sa queue. » Il prononçait les mots qui m'étaient interdits.

Je passai une mèche derrière mon oreille. « Oui.

— Et cette femme, elle y prenait du plaisir ? »

Je levai les yeux vers Kane en entendant sa question. « Oui. Oui, beaucoup.

— Ça t'a plu de regarder ? »

Je me redressai et me dégageai du bureau avant de faire quelques pas dans la pièce. J'allais du côté de la cheminée, puis vers la bibliothèque avant de faire demi-tour, tâchant de ne jamais m'approcher d'Ian. Je ne pouvais pas leur dire la vérité. Qu'allaient-ils penser de moi ? Je ne vaudrai pas mieux que les autres filles en bas, si je leur avouais que j'avais ressenti un désir fou me traverser le corps en les regardant.

« Emma ?

— Non. Non, je n'y ai pris aucun plaisir, répondis-je en détournant le regard.

— Emma. » Cette fois, quand il prononça mon nom, sa voix s'était durcie, chargée de déception. « Tu n'auras pas le droit de me mentir une deuxième fois. À l'avenir, si tu mens, je te promets que tu en assumeras les conséquences. »

5

MMA

« Comment pouvez-vous savoir que je mens ? » J'agitai les bras, frustrée. « Est-ce impossible que je n'aie pas aimé ce que j'ai vu ?

— Comme je te l'ai dit plus tôt, ton corps lui ne ment pas. Regarde tes tétons, ils sont dressés. »

Je baissai les yeux. Il avait raison.

« Tes yeux, ils ne sont plus du même bleu pâle, mais d'un gris profond et ombrageux. Je pense que rien que d'y penser, leurs ébats t'émoustillent encore. Réponds à la question, Emma. »

Je me retournai, de manière à faire face à Kane, et plissai les yeux. Je n'avais pas réellement besoin de baisser les yeux pour savoir que mes tétons s'étaient dressés. Je pouvais les sentir et ils en étaient presque douloureux. Je n'étais pas du genre à montrer ma colère – aucune dame digne de ce nom ne se laisser envahir par les émotions –, mais j'avais eu une journée épouvantable et ils m'en demandaient trop. « Oui ! J'ai adoré ça. J'ai ressenti... quelques chose en les regardant. » Je serrai les poings. « Maintenant, vous connaissez la vérité, mais c'est trop tard. » Mes seins s'agitaient sous cette fine nuisette et le tissu m'irritait les aréoles.

Devant cette réponse vive, Kane se contenta d'arquer un sourcil. Comment pouvait-il encore garder son calme ? « Trop tard ?

— Vous avez épousé une femme qui correspond exactement au portrait décrit par son demi-frère : une voyeuse à la moralité de prostituée. Je n'imagine pas que vous puissiez encore vouloir de moi, tous les deux, mais il n'y a plus d'issue désormais, nous sommes mariés. » Mon ton amer ne lui échappait sans doute pas.

Mes paroles n'eurent pas l'effet escompté. Au lieu d'être en colère, ils avaient tous les deux l'air amusé. Kane affichait un large sourire et exhibait ses belles dents blanches. Il était encore plus séduisant et je ne le supportais pas.

« C'est vrai. Tu m'appartiens. » Ses avant-bras restaient posés sur ses genoux. « Tu appartiens à Ian également. » Il laissa ces mots résonner un moment, tâchant peut-être ainsi de me rassurer. Il n'y arrivait pas.

« Je vais te simplifier encore la tâche. Réponds juste oui ou non à mes questions, d'accord ? »

Je pris une profonde inspiration et m'approchai de lui, restant encore assez éloignée pour qu'il ne puisse pas me toucher. Ces deux hommes auraient pu se jeter sur moi, me frapper, me blesser, mais ils ne bougeaient pas. Mon cœur battait la chamade, je haletai encore après cette dernière tirade.

« Ferme-les yeux. Allez, ferme-les. » ajouta Kane comme je tardai à lui obéir.

L'obscurité formait comme une barrière protectrice, un voile derrière lequel je pouvais me cacher. Je n'avais plu à regarder ni Kane ni Ian, à voir leurs beaux visages, à les sentir me reluquer. C'était... plus facile.

« C'est bien. Remémore-toi ce couple. Le secrétaire et la servante. Est-ce que tu as senti une chaleur en les regardant ? » Sa voix se ralentit, s'adoucit.

« Oui.

— Tes tétons se sont dressés ?

— Oui.

— Tu aurais voulu que cet homme te baise ? » demanda Ian, qui restait à côté de moi.

Je me remémorai Allen et ce que j'avais vu. Il ne m'avait pas attiré, mais ces geste m'avaient plu. Je n'avais pas eu envie qu'il me baise, mais je m'étais imaginé un homme à moi. « Non.

— Mais tu avais envie de te faire baiser, de sentir une queue te pénétrer. De ressentir ce que cette femme ressentait ? »

Je vis Clara rejeter sa tête en arrière, les yeux fermés, la bouche ouverte, cambrée au-dessus de la table. Elle s'était abandonnée au plaisir, dans l'instant. « Oui. »

J'entendis Kane se lever, s'approcher de moi. Il me tournait autour.

« Garde les yeux fermés. » Sa voix venait de ma droite. « Ta chatte, ton minou, là entre tes cuisses. Est-ce que tu sens qu'il réclame une queue ? »

À n'en pas douter. « Oui. »

J'entendis Ian s'approcher à son tour, à ma gauche, un peu derrière moi. « Je vois que tes tétons sont durs et dressés. » Il s'était encore avancé et je sentais son souffle contre mon épaule. « Est-ce qu'ils veulent qu'on les touche ? »

Ma tête bascula en arrière – sa voix grave m'ensorcelait. « Oui.

— Réponds encore à ma question, Emma. Tu mouilles ? » demanda Kane.

Je savais désormais de quoi il parlait. Cet endroit au sommet de mes cuisses, mon intimité était... mouillée. J'y sentais une chaleur, mes petites lèvres s'étaient gonflées et devenues humides sous l'effet des paroles de ces deux hommes, des images qu'ils m'avaient mis en tête, de leurs voix, de leur présence.

J'étais encerclée. Je devinais la chaleur de leurs corps, leur façon de me dérober tout l'air de la pièce. Les yeux fermés, je ne me sentais pas menacée – bouleversée sans doute –, mais protégée.

J'étais plongée dans une fausse obscurité et je ne discernais qu'une faible lueur orangée. Je pouvais oublier le monde et tout ce qui m'était arrivé, tout ce qui se trouvait autour de moi à part Kane et Ian. Leurs paroles, leurs voix graves et presque hypnotisantes avec leur adorable accent. Je me sentais libre et prête à répondre à toutes leurs questions, à leur dire ce qu'ils voulaient entendre.

J'entendis Kane se rasseoir dans le fauteuil juste devant moi. Il m'attendait.

« Oui, dis-je.

— Ouvre les yeux, » m'ordonna Kane.

Je battis des sourcils en relevant les paupières et je baissai d'abord les yeux vers lui avant de jeter un œil derrière moi, en direction d'Ian qui me dévorait de ses yeux sombres et pleins de désir. Il était tout près, à moins d'un mètre, mais il ne me touchait pas. Aucun d'entre eux ne m'avait encore touchée, sauf au moment où Ian m'avait agrippé le coude pour m'empêcher de tomber.

« Viens-là, » commanda Kane. Il me fit signe d'approcher d'un geste de la main. Il avait les genoux écartés, le tissu de son pantalon étiré au maximum révélait des cuisses musclées.

Je m'avançai vers lui doucement et m'arrêtai quand il me l'indiqua. Il croisa mon regard et baissa le visage, examinant mes seins et mes tétons dressés, ma nuisette et mes cuisses nues.

« Écarte les jambes. »

Je décalai ma jambe gauche de façon à lui obéir, ma cuisse cogna contre son genou et j'attendis. Qu'allait-il faire ? Il ne m'avait toujours pas touchée. Ma pudeur se laissait gagner par la curiosité. Aucun de ces deux hommes n'avait jamais rien fait pour m'effrayer alors, le souffle court, j'attendais.

Lentement, il leva sa main droite et la glissa entre mes cuisses, sous ma nuisette, de manière à venir effleurer mon sexe.

Je sursautai en sentant sa main. Du bout de l'index, il me frôla, mais j'avais déjà l'impression d'être marquée au fer rouge, le contact de sa peau me brûlait. Je haletai et croisai à nouveau son regard perçant et sombre, mais je ne bougeai pas, effrayée à l'idée qu'il puisse s'interrompre. Avec la légèreté d'une plume, il écarta mes petites lèvres, lentement, tout en me regardant. Sa bouche s'étira en un sourire de triomphe alors qu'il découvrait mon intimité.

« Nous ne nous sommes pas encore tenu la main. Je ne t'ai encore jamais embrassée. Je suis heureux de savoir que la première chose que j'ai touchée restera pour toujours ta chatte. »

Quand son doigt caressa l'endroit qui me démangeait, qui palpitait et me taraudait depuis que j'avais vu Clara et Allen ensemble, je laissai échapper un gémissement. J'eus un regard paniqué en éprouvant ses sentiments interdits, en découvrant que je prenais du plaisir à être touchée par un inconnu. Cette infime caresse m'offrait des sensations extraordinaires, au point que je les redoutais. J'avais peur de ce qu'il allait faire de moi. Comment un homme que je ne connaissais pas du tout pouvait-il provoquer de tels envies charnelles ? Ce n'était pas convenable. C'était un péché.

Je commençai à reculer, mais d'un seul mot il m'en empêcha. .

« Non. » Étrangement, il lui avait suffi de quelques minutes pour comprendre toutes mes émotions. « Je vais te faire du bien. N'aie pas peur, n'aie surtout pas peur de moi. » Ses doigts s'enhardirent – sa mâchoire était crispée et ses yeux mi-clos –, il caressait ma chair gonflée et humide. Il trouva ma fente vierge, tourna autour, la toucha légèrement et je me crispai tout entière.

« Elle est si serrée, Ian, » murmura-t-il.

J'avais oublié l'autre homme.

Son doigt s'aventura plus profondément, avant de ressortir et me titiller la petite boule de nerfs. Je poussai un profond soupir et plaçai mes mains contre les épaules solides de Kane pour garder l'équilibre. Mes genoux ne soutenaient plus mon poids et j'avais besoin de lui pour rester debout. Il suffisait qu'il m'effleure du bout du doigt pour me rendre folle. Je sentais sa chaleur et sa force, même à travers sa veste de costume.

Quand il approcha à nouveau ses doigts de ma fente, il y en glissa deux cette fois. Je remuai les hanches et me dressai sur la pointe des pieds devant cet assaut. Ma peau brûlait de devoir s'étirer à ce point et pourtant... la sensations était exquise. Je pouvais même entendre à quel point j'étais mouillée, j'entendais le bruit que faisaient se doigts en me pénétrant.

« Là. » Il chercha mon regard. Je ne pouvais pas me détourner. Je sentais la pression et la douleur que provoquaient ses doigts qu'il essayait de pousser encore plus loin, sans le pouvoir. J'agrippai ses épaules et grimaçai. « Je sens son hymen.

— Je... » Je dus à nouveau m'humecter le lèvres. « Je vous avais bien dit que j'étais vierge.

— Oui, en effet, tu nous l'avais dit. Maintenant, il faut que je décide quoi faire pour remédier à cela. » Il retira ses doigts complètement et je me sentis abandonnée, perdue. Vide.

Ses doigts luisaient de mouille et je vis Kane les approcher de sa bouche pour les lécher. « Sucré, comme du miel. » Son regard s'échauffa, sa peau rougit par ce que j'imaginais être le désir. « Goûte. »

J'écarquillai les yeux. « Tes doigts ? »

Il secoua la tête. « Non. Embrasse-moi. »

Je me penchai légèrement vers lui et Kane vint coller sa bouche contre la mienne. Ce n'était pas un baiser chaste ni hésitant, car il écarta les lèvres et enfonça sa langue entre les miennes. Il avait un goût musqué et sucré, un goût viril, sans doute un mélange entre ce parfum de sexe de femme et ses saveurs d'hommes. Je m'abandonnai à ce baiser. Je n'avais rien à faire, il était très doué à ce jeu-là. Une chaleur envahit et assouplit mon corps, ma peau se réchauffait et devenait de plus en plus sensible. Finalement, après quelques interminables minutes, Kane se rassit.

« Passe tes doigts contre ta chatte. C'est bien. Presse les contre les lèvres d'Ian, qu'il te goûte aussi. »

Je relevai la main, les cuisses tremblantes, et observai mes doigts humides. Mon jus était chaud et doux, Ian prit ma main dans la sienne et la porta à ses lèvres pour me lécher les doigts. Ses yeux pâles s'assombrirent et je sentis qu'il me suçait le bout des doigts. Je restai bouche bée devant lui.

« Oui, comme du miel, » dit-il en laissant retomber ma main. Sa voix prit une tonalité plus sombre, plus rocailleuse, son accent s'accentuait. « Tu as déjà joui avant ? »

Je ne savais pas de quoi il parlait, mais je me doutais bien que la réponse était non et je secouai donc la tête en me léchant les lèvres.

« Dans ce cas, et puisque tu es une bonne fille, tu vas avoir droit à une gâterie, » promit Kane.

Ses deux mains se faufilèrent sous ma nuisette et

caressèrent mon minou, ou ma chatte. Les doigts d'une de ses mains se glissèrent à l'intérieur de moi, butant contre mon pucelage, tandis que de son autre main il me titillait cette boule de nerfs qui faisait défaillir et fermer les yeux de plaisir. Ma tête bascula en arrière et ma bouche ouverte laissa échapper un gémissement.

Voilà ce qu'avait ressenti Clara : un merveilleux sentiment d'extase pure. En maître, Kane se servait de mon propre corps pour abattre toutes mes défenses mentales. Une seule caresse d'un de ses doigts habiles suffisait à me faire oublier toutes les raisons qui m'empêchaient de me laisser aller.

Il s'agissait de quelque chose que je pouvais pas contrôler. À cet instant, mon corps ne m'appartenait plus. Il appartenait tout entier à Kane.

Je secouai la tête devant cette révélation. « Non, s'il te plaît. J'ai peur, » criai-je et je repoussai ses épaules un instant avant de les agripper à nouveau et de venir me presser contre lui.

« Tu n'as aucune raison d'avoir peur, fillette, murmura Ian derrière moi.

— Je te tiens, ajouta Kane. Tu es en sécurité et, là toute de suite, ton corps m'appartient. »

C'en était trop. Le plaisir gonflait, s'amplifiait. Kane savait s'y prendre avec mon corps. Ma peau était couverte de sueur, mes genoux faiblissaient, mes tétons durcissaient. Je me sentis enveloppée par les flammes et, à chaque caresse que me prodiguaient les doigts de Kane, il attisait encore le feu, jusqu'à...

« Jouis, Emma, ordonna Ian. Montre-nous ta jouissance. »

Sa voix autoritaire me fit basculer dans le précipice et je tombai, encore et encore, dans un vide infini. L'intensité de toute ces sensations était si forte que je hurlai et griffai les épaules de Kane. En me laissant aller, en m'abandonnant à ce qu'il me faisait, j'avais éprouvé un plaisir intense, un plaisir que je n'aurais jamais imaginé ressentir.

Pas étonnant que Clara ait écarté les cuisses. Pas étonnant qu'elle se soit laissé faire sur la table de la cuisine. Après cette simple démonstration des capacités de Kane, j'étais déjà accroc. J'en voulais plus. J'en voulais encore. J'avais besoin de ce qu'il venait de me faire. Encore et encore.

Les doigts de Kane continuaient à me caresser et à me calmer jusqu'à ce que prenne une profonde inspiration et que j'ouvre les yeux. Kane m'observait et me souriait, laissant apparaître sa fossette. « Tu aimes ça, pas vrai ? »

J'étais presque sur le point de ronronner et je ne pouvais m'empêcher de sourire. « Oh, ça oui. »

Il dégagea sa main et me montra la preuve de mes désirs, cette preuve que j'avais encore sur le bout de la langue après notre baiser. « Tu m'en as mis partout sur les mains. Tu mouilleras toujours pour moi. »

6

ANE

La simple nuisette qui enveloppait si joliment le corps d'Emma était plus affriolante que n'importe quels dessous en dentelle portés par les filles de Madame Pratt. Si je n'avais pas eu la preuve de son innocence, je l'aurais prise pour une tentatrice. Ses tétons corail étiraient le tissu fin, la douce courbe de ses seins s'arrondissait près du corsage. Sa peau pâle et crémeuse était également soyeuse au toucher.

« Je veux te voir complètement, fillette. Enlève cette nuisette, » lui dit Ian.

Sa peau était couverte de sueur et rougie par le désir, ses yeux encore embués par ses premiers plaisirs. Il ne faisait aucun doute qu'elle venait d'avoir son premier orgasme – elle avait été si facile à exciter, si craintive de son propre plaisir. Et pourtant, au moment de jouir, elle s'y était abandonnée magnifiquement. Emma me regarda avec ses grands yeux bleus ensorcelants pendant un moment, son front plissé lui gâchait sa peau douce.

« Montre nous ce qui nous appartient, Emma. »

Mais je ne l'avais pas touchée. Je n'avais rien touché à part sa chatte et j'avais embrassé sa délicieuse bouche. Sa nervosité me la rendait encore plus charmante et j'avais ressenti une incontrôlable vague de possessivité m'envahir en posant les yeux sur elle. Au moment de lécher ses doigts et sa mouille, j'ai senti ma queue se raidir contre mon pantalon à cause de son odeur. Le goût de sa chatte me donnait envie de m'y plonger. Je savais qu'Ian ressentait les mêmes choses, même si nous n'avions échangé aucune parole.

Les enchères de Madame Pratt n'étaient réputées qu'au sein d'un cercle réduit d'hommes qui traînaient dans les mêmes lieux qu'Ian et moi. Des propriétaires terriens, des propriétaires de ranchs, de mines, de compagnies de chemin de fer dont les actions se menaient régulièrement en dehors du cadre de la loi – des hommes capables de garder le silence à propos de leur quotidien, de leur façon d'acquérir leur femme, par exemple. Ian et moi avions certains secrets – c'était pour cela que nous avions quitté l'Angleterre et que nous en tenions éloignés le plus possible, que nous étions partis au bout du monde.

Tous les enchérisseurs étaient des hommes riches qui recherchaient autre chose qu'une simple partie de jambes en l'air. Malcolm Pierce voulait une épouse pour qu'elle devienne sa petite fille, qu'il puisse l'habiller et la traiter comme une enfant, tout en continuant à la baiser comme une femme. Le manoir d'Alfred Potter du côté de Billings était rempli de servantes qui ne se contentaient pas de nettoyer la maison. Mais, puisqu'il lui fallait un héritier, il lui fallait également une femme, qui ne serait qu'une des femmes de la maison. John Rivers préférait provoquer la douleur plutôt que le plaisir et sa femme aurait besoin d'une sacrée constitution et d'un esprit sauvage.

Nous avions entendu parler de cette vente en jouant aux cartes en bas, pendant que plusieurs des filles de Madame nous accordaient leurs attentions. Madame Pratt nous avait invités à acquérir une jeune épouse vierge et elle avait aiguisé notre intérêt, encore plus quand elle nous avait énuméré le nom des autres participants. Les enchères de ce genre étaient assez répandues à Mohamir où nous avions passé quelques années – des enchères de femmes entraînées depuis la naissance à satisfaire plusieurs maris, à s'en remettre à eux pour leur protection aussi bien que pour leurs plaisirs. Ces femmes savaient que les hommes qui les achèteraient les traiteraient avec honneur. La vente de Madame Pratt ne garantissait rien de tel.

Nos années passées à l'étranger, au sein de l'armée, nous avaient conforté dans l'idée que cette vision datée du mariage, pour Ian comme pour moi – et pour une ribambelle d'autres membres de notre régiment –, restait la meilleure solution. La vie d'un soldat était courte ; le fait d'avoir plusieurs époux assurait plus de sécurité et de stabilité à notre épouse et à ses enfants. Ces mœurs inhabituelles nous conquirent et nous avions très vite abandonné la morale et les préceptes Victoriens de notre pays d'origine. Mais ce furent les actions de nos supérieurs qui nous poussèrent à quitter l'armée, à abandonner notre poste dans l'armée britannique et à trouver refuge aux États-Unis.

Dès le premier regard, j'avais su qu'Emma allait nous appartenir. Les autres hommes pourraient se trouver une autre femme, une autre fois.

Quand elle hésita à m'obéir et à retirer sa nuisette, Ian s'était approché et ses doigts avaient agrippé l'ourlet du vêtement qui nous empêchait de voir son corps. Tandis qu'il faisait glisser le tissu le long de ses cuisses, elle sursauta de surprise, mais ne broncha pas.

Lentement, Ian soulevait la nuisette et révélait ses belles jambes, les poils sombres à l'entrejambe qui brillaient de désir, sa taille fine, son ventre plat, son ample poitrine et ses tétons durcis. Le tissu en coton s'emmêla dans ses cheveux et une longue mèche retomba quand Ian laissa choir la nuisette par terre.

En la voyant nue, je sus que nous avions fait le bon choix. C'était notre première vente aux enchères et très certainement la dernière. Madame Pratt n'indiquait jamais où elle trouvait les femmes qu'elle vendait, mais il était évident pour Ian et pour moi qu'Emma était aussi innocente qu'on pouvait le souhaiter. Rien qu'à voir ses cheveux noirs, sa peau crémeuse et tous les autres trésors cachés de son corps, il était évident qu'elle était parfaite. Lire la peur et la honte sur son visage réveillaient tous mes instincts protecteurs et mon côté possessif, je n'avais eu qu'une idée en tête, la sauver. La raison en était claire, en tout cas pour moi. Elle n'était pas faite pour les autres hommes présents à ces enchères. Elle nous appartenait. Alors j'avais enchéri, la somme nécessaire.

Quand le docteur s'était apprêté à l'examiner, à poser ses doigts sur sa chatte, j'avais vu rouge. Ian n'aurait pas non plus permis qu'un autre homme la touche, encore moins maintenant qu'elle était complètement nue. Je connaissais bien Carmichael. C'était un bon médecin qui avait des patients dans toute la région, mais il appréciait également la chair fraîche. Ce taré pouvait convenir à d'autres femmes, mais le petit minou d'Emma n'était que pour Ian et moi. Je voulais que mes mains se posent en premier sur elle. Qu'elle n'en connaisse plus d'autres. Les choses que nous avions prévues pour elle n'étaient pas forcément douces, ni sages, ni même légales du point de vue de la société, mais nous étions prêts à tuer n'importe quel homme qui se serait avisé de la toucher. Une femme de Mohamir n'était jamais maltraitée, jamais abusée, mais toujours chérie. Nous allions offrir à Emma les mêmes honneurs. Elle avait encore peur de nous pour l'instant, mais une fois qu'elle aurait appris nos intentions, qu'elle aurait découvert nos mœurs, elle verrait tout notre dévouement.

Elle se tenait entièrement nue entre mes jambes. Sa peau d'une blancheur de porcelaine n'avait pas le moindre défaut et je mourrais d'envie de la toucher. Ses seins en forme de poire auraient pu tenir entre mes mains et je rêvais de sucer et de mordiller ses tétons. Mais rien de tout cela n'avait d'importance. Le plus important se trouvait à la jonction entre ses cuisses, caché sous un duvet sombre. Je distinguais à peine les lèvres roses de son con, encore toutes gonflées et humides après mes caresses. Son clito ressortait – un petit bout de chair dur et rose qui formait l'épicentre de son désir.

Emma allait être à l'écoute ; je n'avais aucun doute. Elle s'était peut-être montrée nerveuse quand nous la scrutions, puis au moment des enchères, mais elle ne pouvait pas dissimuler sa passion. Et à la fin des enchères, quand elle avait levé les yeux vers moi, j'en avais déjà été convaincu. La façon qu'avaient ses yeux de s'enflammer d'indignation, de frustration et finalement de désir – je ne m'étais pas trompé. Ian l'avait vu également. Je reconnaissais le désir dans ses regards, sa mâchoire crispée, ses poings serrés – toutes ses actions imitaient les miennes. J'étais le seul à l'avoir légalement épousée, mais Ian prendrait possession d'elle de la manière la plus naturelle et Emma ne remettrait jamais en cause son autorité.

Elle allait une parfaite épouse, attentive et toujours prête à nous procurer du plaisir sans même s'en rendre compte. Il fallait juste que ces hommes apprennent à la guider. Et puisque je lui avais fait éprouver ses premiers plaisirs, que je lui avais montré comment je pouvais contrôler son corps, il était temps qu'elle me rende la pareille. J'aurais pu planter un clou avec ma queue tellement elle était dure et ma femme allait devoir apprendre à étancher ma soif. Ian aura son tour après.

« Est-ce que tu as déjà touché une queue ? » demanda Ian d'une voix enrouée.

Je défis ma ceinture, la boutonnière de mon pantalon. Emma inclina la tête et me regarda sortir ma queue. Je ne pus m'empêcher de soupirer en l'extirpant de sa prison de tissu.

« Non, murmura-t-elle, les yeux écarquillés. Tu... Elle... Elle est tellement grosse. » Elle jeta un œil en direction de Ian. Il était encore habillé, mais l'épaisse forme de sa bite était évidente sous son pantalon et je compris qu'Emma l'avait remarquée en l'entendant inspirer précipitamment.

J'affichai un sourire et croisai son regard quand elle se retourna vers moi. « Tu as déjà prononcé tes vœux, Emma. Inutile de nous flatter.

— Et c'est censé... rentrer en moi ? » Elle me regardait avec autant de surprise que d'inquiétude.

« Sans aucun problème. Je vais te la mettre. Dès maintenant, d'ailleurs. » Je l'agrippai par la taille d'une main, je la tirai vers moi en m'allongeant, en me calant au fond du fauteuil. Elle haleta quand elle perdit l'équilibre. « Assieds-toi sur moi. »

Elle posa à nouveau ses mains contre mes épaules et plaça un genou près de ma cuisse, puis l'autre. J'avais sa poitrine devant le visage. Je ne pouvais pas refuser une offre si tentante et mordillai un de ses tétons. Le bout en était doux dans un premier temps, mais il se durcit contre ma langue. Sa peau était chaude, son goût sucré, sa réaction un délice.

« Oh ! » gémit-elle tandis que je la tenais en place d'une main tout en continuant à sucer et à mordiller son téton. Ses mains me caressaient les épaules, ses doigts massaient mes muscles meurtris.

Sa peau sentait les fleurs et l'excitation, un mélange enivrant. Après une caresse un peu plus marquée, les doigts d'Emma se plongèrent dans mes cheveux de façon à maintenir mon visage à cette place. Sa respiration commençait à se saccader et je lui embrassai les seins l'un après l'autre, m'assurant que chacun de ses tétons recevait les mêmes attentions. Ses hanches commencèrent à onduler de leur propre volonté et ses genoux se crispèrent contre mes cuisses.

« Elle est prête, » dit Ian, bourru. Il me regarda par-dessus l'épaule d'Emma juste avant de lui embrasser et de lui mordiller le cou.

Je penchai la tête en arrière et vis que ses tétons étaient mouillés et rosis par ma bouche. « Emma, regarde-moi. Regarde-moi, tu vas devenir mienne. »

Ma main tomba de sa taille jusqu'au doux globe que formaient son cul et j'ajustai la position de ma queue. Mon gland épais se glissa entre ses petites lèvres, se bloqua contre sa fente vierge et je serrai les dents en sentant sa chaleur me brûler. Ian n'arrêtait pas de lui caresser tout le corps, de l'embrasser partout.

Emma ouvrit les yeux et me regarda, plein d'incertitude. « Kane, je ne pense pas que...

— Non, ne pense pas, mon amour. Ressens. Sens la bouche d'Ian contre ta peau, ses mains qui courent sur ton corps, qui te serrent les seins. »

Elle ferma les yeux et se laissa aller à ses sensations. « Elle est trop grosse. Elle ne va pas rentrer. Et Ian me regarde ! »

Je la pressai contre ma queue et je donnai un coup de rein, n'introduisant que le gland – son pucelage bloquait une pénétration plus profonde. Elle écarquilla les yeux en sentant son sexe se dilater.

« Elle va rentrer et Ian s'occupera de toi après. »

Je vis les mains d'Ian venir lui caresser la poitrine, lui pincer les tétons.

Elle secoua la tête et tenta vainement de se relever, de se débattre. « Non ! C'est trop. »

Toute cette agitation n'allait pas me donner envie d'arrêter là, bien au contraire. Ses mouvements provoquaient des spasmes de sa chatte, tout contre ma queue, qui me rendaient fou.

« Arrête tout de suite, » commanda Ian. Comprenant qu'elle paniquait, il lui mit une fessée, la peau d'Emma tremblait sous sa paume.

Elle s'immobilisa et gémit. Stupéfaite. « Il m'a fessée !

— Et il a très bien fait de le faire et il ne se gênera pas pour recommencer si tu continues à résister. Oh, c'est que t'as aimé ça, en plus. Ian, il m'en coule plein les genoux.

— Non, je n'ai pas aimé ça ! » cria-t-elle, mais son jus qui me couvrait la queue prouvait le contraire.

Ian lui donna une autre petite claque. « Pas de mensonges, fillette. »

Elle se raidit contre mon gland, je serrai les dents. « Tu ne contrôles rien cette fois. C'est nous qui te contrôlons. Je t'assure que ma queue va rentrer et que ta chatte est prête à la recevoir. C'est ton hymen qui bloque le passage. Et je vais régler ce problème tout de suite.

— Mais... »

Avant qu'elle ne puisse encore protester, j'appuyai des deux mains contre ses fesses, je donnai un nouveau coup de rein, plus fort cette fois et me l'appropriait. Elle était plus effrayée par l'idée qu'elle s'en faisait que par l'acte lui-même, j'avais donc résolu notre problème une bonne fois pour toute. Je lui avais pris son pucelage avec ce coup de rein et ma queue avait pu la pénétrer jusqu'aux bourses. Elle avait gémi et s'était raidie en grimaçant de douleur, les pupilles dilataient comme des soucoupes. Elle se tint tranquille, mais ses doigts creusaient des sillons dans mes épaules.

La sensation d'être enfoui dans sa chatte brûlante était si incroyable que j'en gémis à mon tour. Sa fente était en train de me traire la queue, sa mouille me brûlait. Je pouvais sentir l'entrée de son ventre maternel tout contre mon épais gland. Je la pénétrai si profondément et elle était si étroite.

« Tu vois, je rentre, » sifflai-je.

Elle déglutit avant de répondre. « Oui. Oui, c'est vrai. Est-ce que c'est tout ? Tu as fini ? » Elle haletait, comme si elle avait peur de prendre une trop grande inspiration.

« Est-ce qu'il a fini ? demanda Ian qui l'apaisait de ses caresses comme une jument trop nerveuse. Ça ne fait que commencer, fillette. »

Je souris de sa naïveté. « Maintenant, chevauche-moi.

— Te chevaucher ? Mais ça fait mal. » Elle boudait, elle avait trop peur pour bouger.

D'une pression de mes paumes, je la guidai, lui montrant comment faire. A chaque mouvement de ma queue dans sa chatte, j'étais au bord de la jouissance. Rien n'empêchait mes couilles de se contracter, ma queue gonflait et épaississait en elle. J'allais la baiser vite ; elle m'avait trop tenté.

« Oh, gémit-elle, un gémissement de plaisir et plus de douleur.

— Il n'y aura plus que du plaisir maintenant, Emma, promit Ian.

— Elle est si étroite, » murmurai-je, en serrant les dents.

Elle apprenait vite, ondulait ses hanches et remuant les fesses pour me chevaucher la queue. J'étais son étalon et elle était ma jument timide. Au moment où elle trouvait son rythme, j'approchai mes mains de ses seins et les caressait, les soupesant tout en lui tirant et lui pinçant les tétons. Ian s'agenouilla derrière elle et passa la main entre ses cuisses pour lui caresser le clito.

« Kane, Je... Oh mon dieu, » elle soupira, la tête rejetée en arrière. Sa chevelure lui tombait sauvagement dans le dos.

« Tu vois, fillette, plus de douleur. Plus que du plaisir, répéta Ian tout en lui massant sa petite pelote de nerfs.

— Allez, viens. Jouis contre ma queue. »

Elle avait une facilité naturelle à obéir aux ordres quand elle était distraite et elle jouit sur commande, sa chatte finissait de me traire, étranglant ma queue sous ses tremblements. Je jouis aussi, mes hanches poussant contre sa chatte tandis que ma queue expulsait de longs filaments de foutre, je l'emplissais de ma semence.

Elle était si étroite que mon foutre s'échappa dès qu'elle bougea, lui souillant les cuisses, se mêlant au sang de son pucelage. Elle s'avachit sur moi, un poids chaud contre mon torse. Elle avait envie de luxure, n'avait aucun mal à jouir et nous appartenait. Je jetais un œil en direction d'Ian, son envie de baiser Emma se lisait sur tout son corps. Il acquiesça pour me signifier son approbation. Elle était à nous et ça allait être son tour.

7

Jan

Le soleil brillait déjà, quand Emma se réveilla. Elle avait dormi sur le côté, dos contre mon torse. Elle poussa un léger grognement et s'étira avant de se raidir, finalement consciente de ne pas être seule. J'avais passé d'agréables minutes à la regarder dormir, encore stupéfait qu'elle puisse nous appartenir, à tous les deux.

Après sa première fois avec Kane, la nuit dernière, nous avions emmaillotée Emma dans une longue robe de chambre que Madame Pratt nous avait fournie et nous nous étions enfuis par la porte de derrière. Ni Kane ni moi n'avions eu l'intention de passer la nuit dans ce bordel – qu'il eût été aisé d'y trouver une chambre libre et d'y baiser tous les trois toute la nuit nous importait peu. Au lieu de cela, je l'avais portée jusqu'à ma chambre d'hôtel, discrètement. Comment aurions-nous pu imaginer nous dégoter une épouse en arrivant en ville ? Kane avait sa chambre plus près de l'entrée, mais puisqu'il en avait profité le premier, j'avais eu le droit de la garder pour la nuit. Nous ne pouvions pas nous la partager dans cet hôtel. Bien qu'honorable, notre vision du mariage ne convenait pas aux habitants de la petite ville de Simms. Il allait falloir attendre le ranch pour vivre notre amour sans retenue.

J'avais dû déshabiller Emma, trop fatiguée pour se débattre, et l'avais installée sous les couvertures – elle s'était endormie instantanément. Nous ne savions pas grand-chose de ce qui lui était arrivé avant, à part cette histoire avec son bâtard de demi-frère, mais cette journée l'avait visiblement épuisée. À moins que sa première baise ne l'ait tout simplement éreintée. De mon côté, j'avais passé une nuit interminable, la queue raidie et douloureuse, impatient de la goûter à mon tour.

« Bonjour, chère épouse, » lui murmurai-je à l'oreille. Je vis son bras nue se couvrir de chair de poule sous l'effet de mon souffle contre sa nuque. Je souris contre sa peau douce et chaude.

Dès que nous avions entendu parler de cette vente, nous n'avions plus eu qu'une idée en tête, nous assurer que la femme en question ne courait aucun risque et voir s'il ne s'agissait pas d'une simple mascarade. Nous n'avions eu qu'à la regarder pour comprendre. Elle avait besoin de notre aide. Il ne fallait surtout pas qu'elle tombe entre les mains des autres. Elle était à nous.

Il était déjà très tard au moment où Kane l'avait finalement baisée pendant que je les observais dans mon coin. Je me souviendrai toujours de l'expression de son visage à l'instant où Kane l'avait perforée – cette grimace de surprise où se mêlait un soupçon de douleur et l'immédiate certitude d'avoir été marquée. Elle avait joui en le chevauchant, sa tête rejetée en arrière, ses cheveux noirs lui ruisselant dans le dos, sa poitrine bombée vers l'avant – je n'avais jamais rien vu d'aussi beau.

Au cours de la nuit, je m'étais inquiété de sa sécurité. Je me rassurai en me disant que Kane la protégerait, si cet enfoiré d'Evers venait un jour à me retrouver. Nous avions traversé un océan et un continent entier pour semer ce type et les crimes qu'il essayait de me coller sur le dos depuis des années. Les autres du régiment qui nous avaient rejoints dans le Montana partageaient la même réputation entachée et la même perte de grade, mais ils n'étaient pas recherchés comme je l'étais. Je savais, en mon for intérieur, je le savais, qu'Evers finirait par me retrouver. Il me retrouverait et me ramènerait pour le procès. Je me doutais bien que cette épreuve allait bientôt me tomber dessus. Trouver une femme et m'installer, entamer une vie de famille heureuse, tout cela était un luxe qu'Evers s'arrangerait pour me voler. Il ne me restait sans doute pas beaucoup de temps pour profiter d'elle et je préférais me dire qu'elle ne craindrait rien tant qu'elle resterait près de Kane.

Nous avions connu beaucoup d'autres femmes avant elle, Kane et moi, mais il ne faisait pas le moindre doute que les choses étaient différentes avec Emma. Elle n'éveillait pas chez nous que des pulsions sexuelles incontrôlables – au point que mes couilles meurent d'impatience à l'idée de la tringler –, mais également une furieuse envie de la protéger et de la posséder. Elle n'était pas qu'un coup d'un soir, nous voulions la chérir, la défendre, la comprendre et la dominer. Je glissai mes doigts entre ses boucles sombres et soyeuses. Elle était si délicate, douce et tellement sexy. La baiser n'allait pas me suffire. Nous allions passer tout notre temps à lui enseigner comment satisfaire nos désirs et y trouver son plaisir – tout ce que les maris devaient apporter à leur femme. C'était notre travail, notre responsabilité.

Leur Mariée enlevée

Elle commença à se réveiller et j'allais pouvoir en profiter. Enfin ! Nous ne commencerions le véritable entraînement que bien plus tard. Ma queue battait contre la courbe de son cul. Quand elle se raidit entre mes bras, découvrant qu'elle était nue contre moi, je me positionnai au-dessus d'elle, la peau douce de ses seins pressée contre mon torse, ses tétons déjà durcis d'excitation. Je passai une jambe entre les siennes et je sentis la chaleur de son minou contre ma cuisse.

« Oh, » fit-elle, surprise. Ses mains se placèrent sur mon torse, comme pour me repousser. Elle était ravissante au réveil, ses cheveux noirs étalés sur l'oreiller, ses yeux pâles tendres et ensommeillés.

« Tu t'attendais à voir Kane ? »

Elle acquiesça avec méfiance, s'humecta les lèvres. Je réprimai un râle à l'idée des délices que pourrait m'offrir cette petite langue rose.

« T'inquiète pas de nos jalousies ou de t'attirer la colère de Kane. Je suis ton mari autant que lui et il ne comprendrait pas que tu embarques dans notre diligence sans avoir été bien baisée. Par mes soins. »

Mes mots lui firent écarquiller les yeux. Je ne comptais pas adoucir mes propos de manière à préserver son innocence. Je continuerai à parler et à agir comme je l'entendais. Je resterais tendre, mais elle devait comprendre qui dominait. D'un mouvement de hanche, je plaquai ma queue entre ses cuisses. Sa peau à cet endroit égalait la douceur du satin et me régalait la queue.

« Il faut que nous nous préparions pour le voyage, mais d'abord je vais te baiser, faire en sorte que tu m'appartiennes à moi tout autant qu'à Kane. » Ma voix se chargeait de désir. « Tous les matins avant de te lever, Emma, tu devras t'envoyer Kane ou moi ou les deux à la fois. Fais-moi confiance, dans quelque temps, tu y prendras autant de plaisir que nous. Mais laisse-moi m'occuper un peu de toi. »

Je lui écartai encore un peu les jambes et glissai une main entre ses cuisses. Elle gémit de surprise et tenta de me repousser, de se redresser. Elle avait chevauché Kane et c'était la première fois qu'elle se retrouvait sous un homme. J'allais devoir prendre mon temps, laisser ses sens et son désir s'éveiller peu à peu. Quand mes doigts trouvèrent son clito, toutes ces réticences s'évanouirent et ses mains retombèrent le long de son corps.

Je me redressai sur un bras, me penchai vers elle pour l'embrasser, effleurant la douceur de ses lèvres avant d'approcher ma langue de la sienne. Je jouai avec sa chatte lustrée, caressai son clito tout en l'embrassant. Lentement. Paisiblement. Je sentis toutes les tensions de son corps se relâcher, sa peau se réchauffer sous la mienne. Je repoussai une mèche de ses cheveux qui lui cachait le visage et l'embrassai du menton jusqu'au creux de l'oreille, que je léchai délicatement.

« Mmm, » murmurai-je, ma queue durcie contre son minou plein de mouille. Sa chaleur me brûlait presque les doigts. « Tu es encore pleine de la semence de Kane. J'adore savoir que ta chatte est déjà remplie. C'est à mon tour d'y ajouter. J'ai attendu ce moment toute la nuit.

— Pourquoi... » Elle s'éclaircit la gorge. « Pourquoi tu n'as rien fait hier soir ? » murmura-t-elle, penchant la tête de manière à me laisser coller mon visage dans le creux de son cou. Son doux parfum m'enivrait, m'aguichait. Ses mains s'agrippèrent à mes biceps. « Tu dormais, Emma. Je te veux complètement réveillée quand nous baisons. » Je m'infiltrai entre ses cuisses, les écartai de mes paumes. « Pour que tu puisses hurler mon nom. Kane t'a peut-être dépucelée, mais tu es également à moi. »

Je baissai les yeux pour observer son corps et je remarquai ses tétons dressés qu'il me fallait sucer. J'humectai une de ces pointes boursouflées avant de le prendre en bouche – lentement, je glissai un doigt entre ses petites lèvres.

« Ian ! » gémit-elle et je savourai le bonheur d'entendre sa voix prononcer mon nom, une voix chargée d'excitation. Je passai d'un sein à l'autre – ma barbe râpeuse y laissant des rougeurs dans son sillage. Elle avait une peau délicate, mais je voulais baiser Emma comme un sauvage. Ma queue brûlait de désir, prête à plonger dans sa chaleur délicieuse. La façon qu'elle avait de contracter son sexe autour de mon doigt me faisait imaginer le bonheur que j'allais ressentir en y enfouissant ma queue.

Ses hanches commencèrent à remuer. Empourprée, en sueur, l'entrejambe baigné de mouille, elle n'attendait que moi.

Je levai les yeux vers les siens – elle m'adressait un regard ivre de plaisir. Ni peur, ni douleur, rien que du désir. Je m'approchai pour l'embrasser et je positionnai ma queue contre sa fente étroite, que je pénétrai d'un seul coup de rein. J'avalai le gémissement qui s'échappa de ses lèvres. Ma bite était à l'étroit dans son con, son corps m'étreignait comme un étau et frémissait autour de moi. Ses mains m'agrippèrent le dos, ses ongles s'y plantèrent au rythme de mes va-et-vient. Nous ne pouvions plus continuer à nous embrasser, entièrement accaparés par cette nouvelle connexion et ces nouvelles sensations. J'attrapai ses fesses afin de la soulever un peu et de mieux la pénétrer. De l'envahir complètement.

Elle se cambra, rejeta la tête en arrière sous mes assauts répétés. Elle haletait, les yeux fermés.

« Regarde-moi, fillette. »

Elle ouvrit finalement les paupières et me fixa de ses yeux bleus pendant que je la possédai. Ses mains se posèrent à nouveau contre mon torse tâchant tour à tour de me repousser et de me serrer contre elle, sans pouvoir décider.

« Ce n'est pas convenable, gémit-elle, plissant le front, confusion et plaisir mêlés sur son visage.

— Quoi ? râlai-je.

— Ça. Toi. Kane. » Elle soufflait à chacun de mes coups de butoir.

« Tu vas bientôt jouir, chérie. Je sens tes muscles se contracter. Quelle honte peut-il y avoir à apprécier le plaisir que t'offrent tes maris ? » Le front couvert de sueur, je m'efforçai de tenir et de plonger Emma dans la jouissance. Elle n'allait plus tarder, elle était au bord du gouffre, mais elle réfléchissait trop.

« Je ne peux avoir deux hommes. Ça ferait de moi... une traînée. »

Je souris à ces mots. Elle nous désirait tous les deux et j'en étais incroyablement heureux. Mon plaisir gonflait à la base de ma colonne et au creux de mes couilles. Ma semence bouillonnait presque, à deux doigts de gicler. Incapable de me retenir plus longtemps, je passai une main entre nous pour lui caresser le clito du bout du pouce. Je ne pouvais pas faire disparaître toutes ces inhibitions et toutes ces craintes à l'idée d'avoir deux maris en un claquement de doigts, mais je pouvais la faire jouir, lui montrer que nous lui ferions du bien, Kane et moi, qu'elle nous satisfaisait pleinement et que nous allions la satisfaire. J'accélérai donc les mouvements de mes hanches et les caresses que prodiguait mon pouce. Une goutte de sueur coula de mon front et s'abattit contre sa poitrine

« Non, pas une traînée. Ça fait de toi notre femme, » grognai-je en l'entendant jouir. Je dus l'embrasser pour étouffer ses hurlements de plaisir. Je voulais garder sa jouissance pour moi, comme un cadeau secret que je refusais de partager avec les autres clients de l'hôtel. Elle était encore pudique et mal à l'aise devant ses désirs, mais quand elle parvenait à se débarrasser de ses inhibitions, elle était incroyable, attentive et affectueuse. Je ne pouvais plus contenir mon orgasme et mon foutre se mêla à celui de Kane. J'avais finalement assouvi mon envie de la marquer, de la posséder.

8

AN

« Comment est-il possible que nous ayons cette diligence à nous tout seuls ? » demanda Emma, brinquebalée par les secousses du carrosse. Elle était assise en face de nous, bien droite, mains jointes posées sur les genoux. Elle n'avait pas eu cet air guindé une heure plus tôt. Son teint écarlate restait la seule indication extérieure de notre récente partie de jambes en l'air.

« Il n'en coûtait qu'un peu d'argent, » répondis-je. Les pans de cuir qui obstruaient les fenêtres étaient presque tous fermés pour éviter une invasion de poussière et conserver la chaleur. Nous étions seuls, tous les trois – une bourse bien remplie placée entre les mains du cocher nous assurait un voyage sans intrus, il ne restait de toute manière que peu de place.

Emma portait une robe bleue en soie avec un décolleté suffisamment échancré pour mettre en valeur sa généreuse poitrine, soulignée par d'affriolantes dentelles. Manches longues, taille corsetée, cette robe et son tissu décadent se prêtaient mal au voyage, mais accentuaient à merveille les meilleurs atouts de notre épouse. Madame Pratt avait suivi nos consignes et fait livrer ces vêtements à l'hôtel, mais ils n'avaient rien de pratiques. Quand Emma lui avait demandé ce qui était arrivé à la robe simple qu'elle portait à son arrivée au bordel, Madame Pratt s'était contentée de répondre que ces nouveaux atours nous conviendraient mieux à Kane et à moi. Ils nous permettaient certainement de profiter de ses courbes. La moue d'approbation du cocher ne nous échappa par ailleurs pas. Nous n'étions pas les seuls à trouver Emma ravissante.

« Où est-ce que nous allons ? demanda-t-elle en regardant par la fenêtre.

— Travis Point, dit Kane. À notre arrivée, nous récupérerons des chevaux pour faire le reste du chemin jusqu'à Bridgewater, notre ranch. Nous avons quelques heures à tuer et je connais un certain nombre de passe-temps agréables. »

Elle était assise juste en face de moi – nos genoux s'entrechoquaient régulièrement. « Agréables ? Tu veux parler de ce que nous avons fait hier ? » Elle leva les yeux vers Kane, puis vers moi. « Où de ce que nous avons fait ce matin ? »

Les rayons du soleil emplirent soudain l'intérieur de la diligence, baignant le corps d'Emma d'une brillante lumière. Elle était adorable et attachante quand elle nous regardait avec ce regard inquiet. Notre certitude de lui avoir épargné un destin funeste rendait encore plus précieuse son innocence.

« Il y a tellement d'autres choses, fillette. Défais les boutons de ta robe et montre-nous tes magnifiques seins, » commandais-je.

Bouche bée, elle nous regardait tour à tour, incrédule. « Ici ? Maintenant ?

— Nous sommes seuls pour le moment et j'aimerais voir tes seins. Kane ?

— Oui. Ils sont splendides et tu ne devrais pas nous les cacher.

— Mais...

— Arrête de répondre, bébé. Ça nous fera du bien de te voir, » interrompit Kane d'un ton soudain plein d'autorité. S'il nous prenait l'envie de voir ses seins, rien ne nous en empêcherait.

Elle avait dû percevoir ce ton impérieux, car ses doigts s'efforcèrent de défaire les petits boutons qui couraient tout le long de son corsage. Lentement, les deux côtés s'écartèrent pour révéler un corset blanc. Je m'étais assuré qu'il était bien serré en l'habillant – j'en avais noué les cordons de manière à tout juste cacher ses tétons. En fait, j'y devinais déjà le haut de ses aréoles.

« Relève ta poitrine, » lui dis-je. Elle nous appartenait à tous les deux – en tout point – et mieux valait qu'elle s'habitue vite à satisfaire deux hommes. Deux hommes à honorer, deux hommes à qui obéir. Le ranch restait un lieu sauvage, où abondaient les dangers. Notre territoire était rude et accidenté. Nous aussi, nous restions des brutes. Elle allait devoir nous obéir dans la chambre à coucher pour y trouver son plaisir et à l'extérieur pour rester en sécurité.

Elle me fixait du regard et tira sur son corset pour qu'il tombe sous sa poitrine. De ses mains, elle ajusta la position de ses seins pour les exhiber complètement. Soutenues par le haut du corset, ses poires crémeuses se dressaient fièrement, les tétons roses et durs pointés vers nous. Je connaissais leur goût, leur texture contre ma langue. Je salivai à l'idée de les sucer à nouveau, mais je voulais autre chose d'abord.

« Mets-toi à genoux, fillette. » D'un signe du menton, je lui indiquai l'espace entre mes jambes.

« Ian, » protesta-t-elle, le regard agité, mais je haussai un sourcil, intransigeant.

« Je peux d'abord te donner une fessée, si tu lui désobéis, mais tu finiras à genoux devant lui quoi qu'il arrive, » dit Kane.

Surprise par ces mots, elle ouvrit grand les yeux. « Désobéir ? Vous voulez dire...

— Oui, tu n'y échapperas pas, » répéta Kane.

En se léchant les lèvres, elle glissa de son siège et s'agenouilla sur le plancher, les mains posées contre mes cuisses. Elle se balançait au rythme des secousses et me regardait innocemment. Dans cette position, elle était à couper le souffle.

Je me penchai pour lui prodiguer un baiser chaste et bref. J'aurais voulu l'embrasser passionnément, mais elle allait recevoir sa première leçon de fellation et je ne voulais pas la déconcentrer. Je voulais très vite sentir sa bouche chaude autour de ma queue. Seins nus, elle s'empourprait et ne comprenait pas encore ce qui l'attendait. J'adorais la voir comme cela, soumise entre mes jambes, la bouche à quelques centimètres de ma...

« Libère ma queue. » D'une voix profonde, je lui indiquai mon envie évidente que trahissait cet épais gonflement entre mes jambes.

De ses doigts fins et maladroits, Emma défit ma braguette et tira mon sexe. Je bandai comme jamais – au bout de mon gland perlait un liquide clair. Je venais à peine de la baiser et pourtant j'étais déjà prêt à recommencer. Quel homme pouvait résister à une femme agenouillée devant lui ?

« Pour ta première leçon, tu vas me tailler une pipe. »

Elle leva les yeux vers moi, surprise d'entendre ces mots grossiers. « Comment ?

— Lèche-moi le bout. Tu vois ce liquide ? Fais-le disparaître. »

Elle s'exécuta. Elle me lapa de sa délicate petite langue qui tournait autour de mon gland. Je serrai les dents et soupirai de bonheur.

« J'ai quel goût ? »

Je la vis déglutir avant de répondre. « Tu es salé.

— Bien. Maintenant, prends-moi dans ta bouche, tout entier. »

Suivant mes instructions, elle m'engloutit entre ses lèvres chaudes, aussi loin qu'elle le put – elle cala avant d'en arriver à la moitié. Elle écarquilla les yeux et toussa en se dégageant. « Elle est trop grosse ! » dit-elle presque en larmes.

« Tu finiras par y arriver, fillette. Tu te débrouilles bien. Fais de ton mieux pour le moment. »

Elle se remit à la tâche – elle me léchait et me suçait avec une douce innocence qui me forçait à me cambrer. « Attrape ma queue. » Je serrai encore les dents en sentant sa main autour de ma trique. « Bien, grognai-je. Et maintenant, baise-moi avec ta bouche. »

Elle me prit dans sa bouche, du mieux qu'elle le pouvait, et commença un mouvement de va-et-vient. Sa bouche humide et chaude me brûlait. Elle suivait mes instructions avec tant de sincérité et d'enthousiasme que mes couilles se contractaient, à deux doigts de l'orgasme.

« Elle a la bouche aussi douce que sa chatte, » dis-je à Kane, en savourant ces sensations. Je n'allais pas pouvoir tenir longtemps, j'avais trop besoin de jouir.

« Elle s'applique bien comme il faut, » la complimenta Kane, en la regardant me sucer. Il passa sa main dans les cheveux soyeux d'Emma, pour l'encourager.

Je fermai les yeux et m'abandonnait au plaisir que me prodiguait sa langue encore hésitante, sa chaleur et sa douceur, jusqu'à la jouissance. « Je vais jouir dans ta bouche.

Tu vas devoir tout avaler. Notre semence doit rester en toi. Ta chatte, ta bouche, ton cul. Avale tout. »

Je remuai mes hanches pour accompagner les mouvements de sa bouche et j'atteignis un tel sommet de plaisir que je poussai un râle, les doigts crispés contre la banquette, en envoyant ma semence au fond de la gorge d'Emma. Spasme après spasme, je battais contre sa langue. Elle me suçait jusqu'à la dernière goutte et avalait tout. Manquant d'expérience, elle manqua de s'étouffer avec ma copieuse semence avant de se détourner de ma queue, laissant couler les derniers filaments de foutre le long de sa poitrine. J'explosai d'un plaisir interminable. Une crème épaisse lui dégoulinait sur le menton et une grosse goutte atterrit sur son téton. La voir dans cet état, la voir marquée de cette manière, entretenait mon érection.

Elle s'était acquittée de cette mission de manière impressionnante – sans avoir peur de se salir. J'avais joui rapidement et profitai maintenant du bonheur provoqué par cette première fellation, mon corps rassasié. Je devais reprendre mon souffle, car elle avait la faculté de me faire défaillir.

Malgré toutes ses aptitudes, Emma devait encore apprendre sa leçon et tout son enthousiasme ne remplacerait pas notre enseignement. J'étais pourtant trop épuisé pour m'y coller, étourdi par le voile du désir et de la jouissance. Ma queue restait posée contre mon pantalon débraillé, brillante de salive. Mes épaules glissaient contre le dossier de la banquette au rythme des secousses de la diligence. Heureusement, Kane reconnut mon état et prit le relais.

Il secoua la tête pour marquer sa déception.

Elle leva les yeux vers lui et se sécha le menton du revers de la main.

« Non, » lui dit-il. Il se pencha vers elle, essuya quelques gouttes de foutre du bout du doigt et lui tendit : « Lèche. »

Elle referma ses lèvres autour de son doigt et elle le suça comme une queue. « Tu as désobéi, Emma. »

Il inséra un deuxième doigt dans sa bouche, qu'il remua d'avant en arrière comme s'il s'agissait d'un sexe. Lentement, il commença à pousser de plus en plus profondément jusqu'à ce qu'elle se crispe. Kane maintint la pression. « Tu dois apprendre à accepter une queue. Complètement. »

Elle agrippa son poignet et elle ouvrit de grands yeux, paniquée. Elle pouvait respirer, son nez encore dégagé, mais elle se débattait contre lui et contre le réflexe nauséeux que provoquait cette intrusion dans sa bouche.

« Doucement, calme-toi, » murmura Kane d'un ton rassurant. Après quelques secondes, il la libéra et retira ses doigts de sa bouche.

« Tu n'as pas avalé sa semence, bébé. » Il baissa les yeux pour regarder les seins nus d'Emma et le liquide visqueux qui était répandu contre sa chair pâle. J'aimais voir ma semence sur elle, comme si j'y avais marqué mon territoire.

Emma s'inspecta également. « Je suis désolée, Kane, Ian, mais il y en avait trop. J'ai été surprise. »

Elle avait raison ; j'avais giclé généreusement. Sa bouche somptueuse m'avait rendu fou.

« C'est ton devoir de nous obéir et tu as échoué. »

Son front se plissa. « Je ne pouvais pas savoir qu'il y en aurait autant. Je saurai à quoi m'attendre la prochaine fois, je ferai mieux. »

Kane lui caressa à nouveau les cheveux et elle inclina la tête pour mieux profiter de ces caresses, qu'elle appréciait de toute évidence, qu'elle désirait même de toute son âme. « Bien sûr, tu y arriveras, mais nous allons quand même devoir te punir. »

Elle s'assit contre ses talons, le front toujours plissé. « Me punir ? Pourquoi ?

— Parce que tu n'as pas avalé tout le foutre d'Ian.

— Mais... »

Il leva la main et elle s'interrompit. Tirant un mouchoir de sa poche de costume, Kane lui essuya les seins, effaçant toute trace de ma semence.

« Allonge-toi sur mes genoux, s'il te plaît. »

9

Jan

Elle secoua la tête. « Kane, non. Je te promets d'obéir.

— Tu t'es bien débrouillée en le suçant, mais nous ne pouvons pas tolérer cet écart. Nous nous éloignons déjà de la ville et nous arriverons bientôt dans un ranch sauvage et dangereux. Suivre nos règles pourrait te sauver la vie, nous devons donc savoir que tu nous obéiras quoi qu'il en coûte. Ta sécurité est notre responsabilité, mais de ton côté il faut que tu nous écoutes. Allez, viens sur mes genoux. » Il prit une voix plus grave et lui adressa un regard sévère.

Elle me jeta un coup d'œil, espérant plus de clémence de ma part.

« Ton hésitation vient de te coûter cinq coups supplémentaires, lui dis-je. Est-ce que tu préférais que j'en ajoute dix ? »

Elle se dépêcha d'obéir, comprenant qu'elle n'y échapperait pas. Une fois bien positionnée, elle se trouva le ventre plaquée contre les cuisses de Kane, les pieds touchant à peine le sol d'un côté, les cheveux cascadant de l'autre. Je voyais ses seins pointer vers le bas, les tétons durs et bien ronds. Il me fallut dégager ma jambe pour lui faire de la place. Kane souleva sa robe et lui roula autour de la taille. Ses jambes étaient couvertes de collants fixés par des rubans bleu pâle. Sa culotte le gênait pourtant.

Kane arracha le tissu délicat pour révéler son cul pâle. Il s'était placé de manière à me faire profiter du spectacle. Il lança le sous-vêtement déchiré par terre, sous le nez d'Emma pour qu'elle puisse le regarder. « Plus de culotte, bébé. Ta chatte doit être accessible pour nous à tout moment. Écarte les cuisses, s'il te plaît. »

Elle secoua la tête avec insolence.

Kane la frappa, écrasant fermement la paume contre sa fesse gauche.

« Kane ! »

Elle sursauta et cria de surprise plus que de douleur. Le coup n'avait pas été particulièrement marqué ; il s'agissait plutôt d'un avertissement et d'une introduction que d'un véritable châtiment.

Comprenant toute la sévérité de Kane, Emma écarta les jambes et me révéla son minou alors que Kane commençait à la fesser. Je venais tout juste de jouir, mais ma queue se raidit pourtant devant ce tableau délicieux – ses petites lèvres étaient rouges et gonflées après avoir été baisées deux fois. « Compte, s'il te plaît. »

Chaque coup s'abattait à un endroit différent de ses fesses vierges, dont la peau se parait d'un rose plus foncé à mesure qu'elle comptait. Ce spectacle était grisant. Quand elle en arriva au nombre dix, elle se mit à pleurer, défaite. Au lieu de se débattre et de remuer les hanches, elle avait abandonné et accepté sa punition, affalée. Kane ne frappait pas de toutes ses forces, mais tâchait de lui faire comprendre les conséquences qu'auraient désormais ses actions. Elle se retrouverait à nouveau dans cette situation si elle les décevait ou si elle se mettait en danger.

La voir avouer ses erreurs de cette manière m'emplissait de joie. Sa soumission était belle et j'en étais très satisfait. Kane ne l'était sans doute pas moins.

« Quinze, » sanglota-t-elle.

Délicatement, Kane commença à caresser sa peau meurtrie et à la calmer. « Tu t'es très bien débrouillée, mon cœur, tu as accepté ta punition comme une grande fille. »

Une fois calmée, elle reprit sa respiration lentement et Kane l'aida à se lever et à se rasseoir à sa place, en la recoiffant et en lui embrassant le front délicatement. Ce n'était qu'une petite fessée et elle s'en remettrait bien vite, mais les cahots de la diligence l'empêcheraient d'oublier cette transgression.

« Pose tes pieds sur nos genoux, » dis-je.

Perdue, elle me regarda en fronçant les sourcils et je tapotai mes cuisses pour la presser. « Donne-moi ton pied. » Je tendis la main, paume vers le haut.

Elle leva le pied et je le plaçai contre mon genou. Elle comprit ce que je lui demandais et tendit l'autre en direction de Kane qui m'imita. Cette position la forçait à s'affaler contre la banquette, le cul suspendu de manière à soulager ses blessures.

« Voilà. Tu te sens mieux, non ? Ton cul va te faire mal encore un petit moment, mais si tu restes assise comme ça, tu ne sentiras pas grand-chose, » lui indiquai-je en caressant les collants qui lui enserraient les mollets.

Ce n'était vraiment pas une position pour une vraie dame : épaules voûtées, jambes écartées, seins nus et dressés. Ma semence avait séché et laissé des taches sur sa peau crémeuse. Emma était de toute évidence une dame, mais ni Kane ni moi n'étions des gentlemen, du moins pas quand

Leur Mariée enlevée

nous nous retrouvions seuls avec elle. « Relève ta robe. Montre-moi ta chatte. »

Elle ne m'obéit pas et je haussai les sourcils. Elle baissa les yeux et s'y résigna, mais elle détestait de toute évidence devoir le faire. Lentement, ses doigts remontèrent le tissu bleu et soyeux de sa robe jusqu'à sa taille. Je bougeai le genou de manière à lui écarter encore les cuisses. Nous étions aux premières loges.

« Tu es ravissante, Emma. De bout en bout. » Je ne pouvais pas m'empêcher de me délecter de cette vue et de ces cuisses généreuses qui dépassaient de ses collants.

Elle rougit et ses mains s'agrippèrent à la banquette au point de faire pâlir ses phalanges.

« Tu n'es pas d'accord ? » demandai-je.

Cette question eut l'air de la choquer. « J'ai les seins nus, les jambes écartées et vous pouvez voir... tout ! »

Elle nous vit sourire.

« Ton corps nous appartient et nous voulons pouvoir le voir quand cela nous chante. Ta chatte est tout irritée par nos queues, ta fente béante. Il est évident que tu es excitée, fillette. Tu dis le contraire, mais tes cuisses ruissellent des preuves de ton désir. Tu as aimé cette fessée. »

Elle tenta de serrer les cuisses, mais je serrai une cheville et Kane l'autre. « Ce n'est pas vrai ! » répondit-elle, indignée.

« Ton corps ne ment pas, mon cœur, dit Kane. Tes tétons sont bien durs. »

Elle grimaça, les yeux brillants de colère.

« Je t'autorise à aimer ça, fillette, lui dis-je d'une voix apaisante.

— Tu m'autorises ? » Sa voix puait le sarcasme.

« Ouais. Tu as le droit d'aimer montrer ton beau minou à tes hommes. Tu as le droit d'en être excitée, comme nous le sommes. Caresse-toi. Fais-toi jouir.

— Quoi ? couina-t-elle.

— Caresse-toi la chatte pour te faire jouir.

— Non, je ne veux pas, refusa-t-elle en secouant la tête.

— Ton esprit ne veut peut-être pas, mais ton corps en meurt d'envie. Encore une fois, je t'autorise à aimer ça. En fait, tu n'as pas vraiment le choix. Tu vas rester comme ça tant que tu n'auras pas joui. Je pense que nous ne sommes plus très loin de Travis Point et la diligence va bientôt s'arrêter.

— Mais le cocher ! » cria-t-elle.

Jamais nous n'aurions partagé son corps avec un inconnu, encore moins avec ce cocher. Son corps était un bien précieux. Toute cette fille était précieuse à nos yeux. « C'est toi qui vois. Montre-nous comment tu te fais du bien ou tu pourrais recevoir une nouvelle fessée. »

Elle tenta de dégager ses chevilles, mais nous tenions bon. Il était grand temps qu'elle apprenne à m'obéir. À nous obéir. Vu sa nature insolente, les châtiments n'allaient pas manquer, mais nous comptions bien la combler de plaisir à chaque fois qu'elle se comporterait bien.

« Arrivée à Travis Point dans cinq minutes ! Travis Point, cinq minutes !, » cria le cocher dont la voix portait, malgré le vacarme des roues.

Emma gémit de surprise et sa main droite se posa contre son minou, qu'elle caressa de manière hésitante.

« Trouve ton clito, » conseilla Kane. Nous voulions la voir réussir. Elle avait bien mérité une gâterie. Nous voulions la regarder jouir, il n'y avait rien de plus beau. « Tu te rappelles l'endroit où je t'ai touchée hier avec mes doigts ? Oui, je vois que tu l'as trouvé. Maintenant, caresse en décrivant des petits cercles. Oui, comme ça. »

Bien sûr, nous l'obligions à se faire du bien toute seule, mais cela ne voulait pas dire que nous ne pouvions pas la guider. Elle était inexpérimentée et c'était notre devoir.

Sa chatte était humide et ses doigts brillaient, souillés

d'excitation. Elle ferma les yeux et se détendit sur la banquette, cédant à nos requêtes et se concentrant sur sa mission.

« C'est bien, fillette. On peut voir que ça te fait du bien. Oh oui, des petits cercles autour de ton clito ? Et ta chatte, est-ce qu'elle se sent vide ? Tu peux y enfoncer tes doigts, tu sais. Oui, comme ça. » Je lui parlai et l'encourageait pendant qu'elle se caressait. Ses tétons se dressèrent, elle se cambra et ouvrit la bouche – je compris qu'elle n'était pas loin du but. Elle valait la peine d'être vue comme cela et peut-être que nous l'installerions de la même manière à chacun de nos futurs voyages en diligence.

« Jouis pour nous, fillette. Montre-nous ton plaisir. »

Elle secoua la tête, tout en continuant à se caresser. « Je ne peux pas, je n'y arriverai pas ! » gémit-elle.

Kane se décala, plaça le pied d'Emma sur le bord de la banquette et vint s'installer à côté d'elle. Il effleura ses tétons gonflés de la main et joua avec en lui murmurant dans le creux de l'oreille. « Laisse-toi aller et jouis, bébé. Ce n'est pas toi qui décides. Tu n'es obligée d'avoir envie, mais tu as le droit d'y prendre du plaisir. Prends ton pied en sachant qu'on te regarde. Tu es ravissante. C'est bien, comme ça. »

Elle se crispa et ouvrit grand les yeux, surprise. Elle gémit en jouissant, elle se cambra, ses doigts frottant avec insistance contre son clito. Sa peau prit un joli teint rosé jusqu'au bout de ses seins – elle était en sueur. Quand ses frissons se dissipèrent, quand les battements de son cœur se ralentirent enfin, elle resta avachie contre le dossier, les yeux fermés, un petit sourire aux lèvres. Les doigts de sa main, posée contre sa chatte, luisaient. Nous tenions chacun une cheville et profitions de la vue alors que la diligence décélérait. Rien ne valait le spectacle d'une femme comblée et satisfaite, particulièrement quand il s'agissait de la nôtre.

10

MMA

Le trajet depuis Travis Point jusqu'au ranch dura plusieurs heures. Je n'aurais pas su en dire la durée exacte, mais le voyage me parut interminable. J'avais mal... là, à cause de la fessée, mais aussi à l'intérieur, là où j'avais saigné. Ils m'avaient autorisée à reboutonner ma robe, que le cocher et les quelques passants n'aillent pas s'imaginer que je n'étais pas une femme pudique et dévouée – de mon côté, je savais désormais à quoi m'en tenir.

Kane avait insisté pour que je chevauche juste devant lui, blottie contre son torse, jusqu'à Travis Point. J'avais d'abord protesté, mais il m'avait placée en travers de ses cuisses et la position n'avait finalement rien d'inconfortable. Il m'avait serrée entre ses bras et le démarche chaloupée de l'animal m'avait bercée. Je n'aurais pas dû y trouver mon bonheur, mais je ne pouvais pas m'en empêcher.

Leur Mariée enlevée

Je collai ma joue contre son torse et j'entendais les battements réguliers de son cœur. Il sentait bon, irradiait de chaleur et je me sentais... en sécurité. Avec Ian qui chevauchait tout près de nous, je savais qu'il ne pouvait rien m'arriver. Ni Thomas ni aucun autre homme ne pourrait plus me faire souffrir. Et pourtant, ces deux hommes se souciaient-ils vraiment de moi ? Ils m'avaient touchée, abusée et punie de manières inimaginables. Tous leurs gestes étaient illicites, charnels et inconvenants. Toutes les choses qu'ils m'avaient ordonné de faire dans cette diligence m'avaient mise mal à l'aise, mais elles représentaient sans doute le quotidien que j'allais partager avec eux. Leur façon de me forcer à me faire du bien m'avait décontenancée – j'avais été effrayée même, par mes propres réactions. J'avais adoré ça ! Ils m'avaient humiliée et j'avais malgré tout joui, déchirée par un orgasme plus puissant que les précédents, un régal. Il ne m'avait manqué qu'une belle queue.

Nous arrivâmes devant une grande maison en rondins. Elle avait deux étages et était immense, avec un porche qui en faisait tout le tour. Ian fixa ses rênes à une balustrade et s'approcha pour m'aider à descendre de cheval. D'autres bâtiments jalonnaient les alentours. Une grange avec un grenier à foin se trouvait contiguë aux écuries. Un enclos où pâturaient quelques chevaux était installé à côté. Au loin, je distinguai d'autres petites constructions et, aux flancs des plus proches collines, d'autres maisons, reconnaissables à leurs porches, leurs cheminées de pierre et leurs fenêtres. Nous n'avions pas dû être particulièrement discrets en arrivant, car plusieurs hommes venaient à notre rencontre.

J'ajustai ma robe tandis qu'ils se serraient tous la main et qu'ils se racontaient les dernières nouvelles – trop nerveuse pour les regarder dans les yeux. Pouvaient-ils savoir que je ne portais pas de culotte et que du foutre séchait le long de mes cuisses ? Allaient-ils deviner ce que Kane et Ian m'avaient forcée à faire dans cette diligence ou même que j'y avais pris du plaisir ? J'étais en tout cas épuisée par le voyage et décoiffée, mais allaient-ils comprendre que je m'étais agenouillée devant Ian ou que je m'étais laissée aller en me caressant ?

Aucune de mes inquiétudes n'avait d'importance – j'étais désormais au centre de toutes les attentions, encerclée par des hommes imposants et intimidants. Ils se tenaient tous de la même manière : les épaules bien droites, le regard perçant, le torse puissant et musclé. Cette vision me submergeait. J'adressai un regard à Ian et à Kane, qui se montraient possessifs à mon égard et qui me rassuraient.

Kane s'avança à mes côtés et m'agrippa le coude, Ian l'imita de l'autre côté. « Nous vous présentons Emma, notre épouse. »

En entendant ces mots, ces hommes me scrutèrent plus intensément et je me sentis aussi nue et vulnérable que dans cette diligence. J'ouvrais grand les yeux, notant que Kane avait dit « notre » femme. Pas sa femme, ni celle d'Ian. Pas un seul de ces types n'eut l'air surpris. Peut-être n'y avaient-ils pas prêté attention ?

« Emma, ce mec à gauche s'appelle Mason, lui indiqua Kane d'un geste du menton. À côté, tu as Brody. Simon et Rhys, les deux bruns là-bas. Dès qu'ils ouvriront la bouche, tu comprendras qu'ils font partie de notre régiment. Et le dernier, là-bas, c'est Cross, qui est tout aussi Américain que toi. Nous possédons chacun un petit lopin de terre, mais le ranch, Bridgewater, est notre projet commun. »

J'acquiesçai, souriante, rassurée de ne pas devoir partir vivre au bout du monde.

« Ann vous attend tous les deux pour le déjeuner, mais la présence d'Emma va être une sacrée surprise. » Si je me rappelais bien, l'homme qui venait de parler s'appeler Mason, un brun à la barbe taillée qui avait l'air d'être un peu plus jeune que Kane et Ian.

Je tirai la manche de Kane et il se pencha. « Est-ce qu'ils savent... Je veux dire... »

Ian interrompit mes messes basses. « Ils savent que tu nous appartiens. Mais pour qu'il n'y ait aucun malentendu, je vais le répéter encore une fois. Écoutez tous, Emma est notre épouse. » Ian bomba le torse, fier de prononcer ces mots, et je me sentis rassurée. « Ces hommes connaissent nos valeurs, fillette. Ils les partagent. Ann a épousé Robert et Andrew, qui doivent traîner dans le coin, mais tu les rencontreras plus tard. »

Je restai bouche bée et je dévisageais toutes les personnes qui se tenaient devant moi. « Vous tous, je veux dire, je vous appartiens à tous ? » Je reculai d'un pas, les yeux écarquillés, effrayée. Je sentis mon visage pâlir. Dans quoi je m'étais embarquée ? Je n'arriverais jamais à combler tous ces hommes. À quoi pouvaient-ils s'attendre... ?

« Emma. » La voix puissante de Kane me tira de ma panique. Il m'agrippa les épaules et se pencha pour me regarder droit dans les yeux. « Tu nous appartiens, à Ian et à moi. Les autres se trouveront leurs propres femmes.

— Leurs femmes ? demandai-je, les lèvres sèches.

— Mason et Brody s'en trouveront une, Simon, Rhys et Cross une autre. Le temps venu. »

Il haussa les sourcils en m'observant, cherchant à savoir si je le comprenais. J'acquiesçai. « Ann ? Est-ce qu'elle sait...

— Comme je te l'ai dit, elle a épousé Robert et Andrew. Ce sont les chefs d'équipe. Leur maison se trouve un peu plus loin, là-bas. » Il désignait un endroit derrière moi et je dus me retourner pour voir leur maison au loin, isolée au bord du ruisseau. « Tu n'as aucune raison de t'en faire. Tu n'as rien à craindre.

— Nous veillerons à ce qu'il ne t'arrive rien. »

Je ne voyais pas qui avait parlé cette fois, Kane me cachait la vue. Il se redressa et Ian me serra dans ses bras, ma joue collée contre son torse ferme.

« Tu ne dois te préoccuper de rien, juste te contenter d'être notre femme.

— Tu appartiens certes à Kane et à Ian, mais tu fais également partie des nôtres désormais. Nous te défendrons coûte que coûte, » ajouta un autre homme.

Je ne comprenais pas cette façon de vivre. Ils ne se comportaient pas comme des britanniques, qui habituellement pouvaient être très austères ; un tout autre code moral régissait leurs actions. Cette coutume qu'ils avaient d'épouser la même femme à plusieurs n'avait rien d'habituel, c'était le moins qu'on puisse dire. Mais ils croyaient aux bienfaits de ce type de mariage, ils y croyaient passionnément. Ils n'en démordaient pas et, étrangement, cette conviction me mit presque à l'aise.

Kane embrassa mes cheveux. « Alors. Ça va mieux ? »

J'acquiesçai contre sa chemise, un peu rassurée mais complètement déboussolée.

KANE

Au moment de bâtir cette maison, nous avions pris le soin d'y intégrer une salle de bain, avec une baignoire sabot. Nous savions que ce luxe ferait le bonheur de n'importe quelle femme, particulièrement au cours des hivers rudes. Après avoir aidé Emma à se déshabiller et à se glisser dans l'eau chaude, nous nous délections de l'extase qui se lisait sur son visage et qui venait récompenser nos efforts.

Les bruits de la préparation du repas de midi nous arrivaient du rez-de-chaussée, mais nous n'y prêtions pas la moindre attention, trop occupés par Emma. Elle se cala au fond de la baignoire, ses cheveux tourbillonnant à la surface de l'eau et ses seins y flottant. Ian me regarda, la mâchoire crispée tandis qu'il ajustait la position de sa queue sous son pantalon. Je comprenais son inconfort. Cette trique ne nous lâcherait plus désormais.

Nous ne l'avions pas trop brusquée, car en tant que vierge, elle n'avait pas encore eu le temps de comprendre son nouveau rôle. Être mariée à deux hommes libidineux, vivre dans un ranch avec une tribu d'autres hommes partageant les mêmes penchants et les mêmes convictions, tout cela lui demanderait sans doute un peu de temps. Elle allait également devoir nous raconter sa propre histoire, mais ce chapitre pouvait encore attendre – il nous restait tant à apprendre. Je voulais tout savoir à propos de son enfoiré de demi-frère, Thomas, pour que je puisse le choper et le battre jusqu'au sang. Il lui avait fait du mal. Elle ne se serait pas retrouvée chez Madame Pratt sans cela. Nous étions désormais ses maris et nous devions nous assurer qu'il n'ait plus l'occasion de s'approcher d'elle. Je me rassurais en me répétant qu'elle était en sécurité à Bridgewater, avec nous.

Une fois ses cheveux et son corps lavés, nous l'aidâmes à sortir du bain et à se sécher.

« Je peux très bien faire ça toute seule, dit-elle, en se couvrant.

— Je te rassure, murmurai-je en la frottant avec une serviette. Nous y prenons plaisir.

— Viens, lui dit Ian en la tirant par la main pour qu'elle l'accompagne dans le couloir.

— Ian, je suis encore toute nue ! » Elle planta les talons, mais n'eut pas assez de force pour retenir Ian. Elle réussit simplement à faire balancer ses seins, ce qui ne fit qu'aggraver les choses.

« C'est comme ça que je t'aime. » Ian lui tournait le dos, mais lui adressa un sourire par-dessus l'épaule. « Tu vas devoir t'habituer à avoir deux hommes qui te regardent. »

J'attrapai le nécessaire pour la raser, une serviette propre et suivit le duo jusque dans la chambre d'Ian. Au moment où je les rejoignais, Emma était prisonnière de l'étreinte d'Ian et ils s'embrassaient – lui faisait courir ses mains le long de son dos avant d'agripper ses belles fesses. Quand il la relâcha finalement, le regard d'Emma s'était ombragé, sombre comme une mer déchaînée, ses lèvres rosies et gonflées.

« Je pourrais y passer la journée, mais nous avons du travail. » Il lui colla un dernier baiser sur les lèvres. « Allonge-toi, fillette. »

Ian n'eut aucune difficulté à la faire s'allonger sur le dos, ces baisers lui avaient visiblement fait perdre la tête. Cet état d'esprit convenait parfaitement à ce que nous nous apprêtions à lui faire. Ian grimpa près d'elle et se cala contre la tête de lit, tirant Emma contre lui, dos contre son torse.

« Ian, qu'est-ce que tu fais ? » demanda-t-elle, inclinant la tête pour mieux le voir. Il en profita pour l'embrasser fougueusement.

« Ian va te tenir pendant que je te rase, » lui dis-je.

Je déposai tout le nécessaire sur la table de chevet, attrapai le savon et le rasoir avant de m'asseoir au bord du lit.

« Me raser ? » demanda-t-elle, le front plissé.

Les mains d'Ian glissaient le long du corps d'Emma, s'attardant sur ses seins avant de s'immiscer entre ses cuisses, de lui soulever et de lui écarter les genoux.

« Ian ! » Elle essaya de se débattre, mais calée contre lui de cette manière, elle n'avait aucune chance.

« Chut, » fit-il avant d'embrasser son oreille et son cou.

Ian me la présentait juste comme il fallait, genoux plaqués

contre sa poitrine. Je pris position entre ses cuisses et commençai à la savonner.

« Je rase les poils de ton minou.

— Mais pourquoi ? » demanda-t-elle, perdue et gênée. Elle ne s'en rendait sans doute pas compte, mais elle inclinait la tête de manière à faciliter l'accès de son cou à Ian.

« Parce que tes jolies lèvres roses sont cachées sous ces boucles noires et que je veux pouvoir mieux les sentir quand je te lèche. » Je posai le savon sur la table et attrapai le rasoir. « Ne bouge plus. »

Je m'affairai et Emma ne bronchait pas. Je passai un doigt contre la peau que je venais de raser, douce et délicate au toucher.

« Kane ? Ian ? »

Mason nous appelait. Le repas devait être prêt. J'entendis d'autres gens marcher en bas – les autres allaient s'entasser dans la salle à manger pour le déjeuner. La maison était grande et cette salle à manger se trouvait loin des chambres à l'étage.

« On est en haut, » répondit Ian.

Des pas lourds montaient les escaliers – j'attrapai le rasoir et me levai pour aller à la porte avant que l'homme ne puisse entrer. Mason s'arrêta près du seuil, chapeau à la main, et vit le rasoir que je tenais. Ma carrure l'empêchait de voir le corps nu d'Emma. Ce spectacle nous était réservé et ni Mason ni les autres ne devaient en profiter. Comprenant la situation, il eut un petit sourire complice.

« Ne t'avise pas de convoiter notre femme, » grognai-je, jaloux. Au lieu de le calmer, ma réaction l'amusa encore plus, mais il leva les mains en signe de reddition.

« Désolé pour l'interruption, mais je suis chargé du repas avec Ann. On mange dans dix minutes.

— Ian, lâche-moi ! » murmura Emma un peu trop fort. Je savais que Ian ne la libérerait pas tant que nous n'aurions pas terminé et nous étions loin du compte. Sa résistance était futile.

J'adressai un signe de tête à Mason avant de lui claquer la porte au nez. Je l'entendis ricaner tout seul dans le couloir.

Je me tournai vers Emma, qui était tournée de l'autre côté, les yeux fermés. Je repris ma position entre ses cuisses.

« Ne bouge surtout pas, bébé. » Je me remis au travail, la débarrassant de ses derniers poils noirs, révélant un peu plus son beau minou rose à chaque coup de rasoir. « Tu nous appartiens. Ian et moi sommes les seuls à pouvoir te toucher. Les autres savent ce qui arrive entre les maris et leur femme. Ils savent que nous te rasons la chatte. Ils finiront bien par t'entendre jouir, parce que nous allons souvent te baiser et même dans des lieux où ils pourraient t'entendre. Ils nous entendront peut-être même te donner la fessée.

— Mais...

— C'est notre job de t'enseigner comment devenir une femme, de te montrer tout ce que nous attendons de toi. Il va falloir t'habituer à ce que les autres sachent que tu nous fais du bien et qu'on t'en fait tout autant.

— Tu es ravissante, fillette, dit Ian d'une voix rassurante.

— Je me demande quel goût tu as. » Je jetai un coup d'œil à Ian, puis à Emma, qui me fixait de ses yeux écarquillés. « Je crois bien que je vais me laisser tenter. »

Je penchai mon visage entre ses cuisses et la léchai du cul jusqu'au clito – ma langue légère comme une plume n'effleurait qu'à peine sa chair rasée de frais.

« Kane ! cria-t-elle, baissant les yeux vers moi. Qu'est-ce que tu... »

De mes doigts agiles, j'écartai les lèvres de son minou, déjà mouillées. « Est-ce que ça ne te fait pas du bien ? »

Sa petite perle rose se dressait, toute dure sous ma langue. Je buvais le jus de son excitation et ma langue lui titillait le clito. Encore et encore. Elle eut un soubresaut et elle poussa un gémissement.

« Elle a un goût sucré, comme du miel.

— Elle se débat, remarqua Ian.

— Tu n'aimes pas ta récompense, Emma ? Tu as été sage jusque-là. Arrête de t'agiter ou tu vas recevoir une autre fessée. »

11

ANE

Je l'observai, toujours posté entre ses cuisses. Son ventre plat suivait le rythme de sa respiration ; ses tétons étaient durcis, sa peau s'empourprait. De longues mèches de cheveux humides lui collaient au front et au cou. Ses yeux bleus se troublaient et révélaient toutes ses émotions : excitation, peur, gêne.

« Est-ce que ta chatte te fait mal ? » murmura Ian, qui lui léchait l'oreille tandis qu'elle fermait les yeux. J'entendis Emma gémir.

Doucement, je glissai un doigt en elle. Elle était chaude et accueillante, une chatte bien étroite. Mon doigt ne s'aventura pas loin avant que je le retire, que j'y glisse l'index et le majeur. Je l'observai attentivement et je la vis grimacer au moment où j'enfonçai la deuxième phalange.

« Pauvre fillette, dit Ian. Deux grosses queues t'ont arraché ta virginité, t'ont dilatée. Ta petite chatte meurtrie a besoin de temps pour se remettre, alors au lieu de te baiser, on va entamer l'entraînement. »

Je me remis au travail, lui titillant le clito du bout de la langue. Ses petites mains poussaient contre les cuisses d'Ian – elle essayait de se libérer. Elle avait un goût sucré, acidulé et son parfum emplissait l'air autour de nous. Ma queue se raidissait douloureusement contre le tissu de mon pantalon. Je ne voulais qu'une chose, la prendre sur le champ, minou meurtri ou non. Mais je n'allais tout de même pas faire de mal à Emma avec mes pulsions bestiales, alors je pris une profonde inspiration, baissai la tête et me concentrai uniquement sur son plaisir à elle.

« Kane, c'est... c'est trop ! »

Je levai les yeux vers elle, admirant son corps nu. C'était la première fois qu'elle tenait un visage d'homme entre ses cuisses et elle allait en éprouver un plaisir différent, peut-être plus intense que celui provoqué par nos queues. « Est-ce que je te fais mal ? »

Elle secoua la tête. « Non. » Elle déglutit.

« Alors, je ne vais pas m'arrêter là, j'ai envie de te voir jouir. » Je continuai à la lécher, à la mordiller et à lui faire du bien.

« Non, s'il te plaît. Je n'aime pas ça ! » gémit-elle.

Je ne m'arrêtai pas et Ian l'interrogea. « Ça ne te fait pas du bien ? » Ses mains se pressaient contre les seins d'Emma à nouveau, avec lesquels il jouait.

Elle soupira sous mes coups de langue. Son petit bout de chair était dur et très sensible. « Si, mais...

— Tu n'as pas envie de jouir.

— Pas... non, je n'ai pas le droit d'aimer ça ! » Ses cheveux humides lui collaient au visage et couvraient également le torse d'Ian.

Je ne m'arrêtai toujours pas, je glissai à nouveau mon doigt entre ses petites lèvres, décrivant de petits cercles, encore et encore. J'adorai sa petite chatte épilée. Douce. Rose. Délicieuse.

« Et pourquoi pas, fillette ? murmura Ian en lui baisant le cou.

— Parce que vous êtes deux. »

Je m'écartai de ses cuisses. Ses muscles se crispaient autour de mon doigt, m'invitant à le glisser plus loin. Son clito avait gonflé et durci, excité par ma langue, son jus me couvrait le menton. Il ne faisait aucun doute qu'elle était sur le point de jouir, mais elle se souciait trop des questions de moralité. Nous allions devoir nous débarrasser de ces freins, comme nous nous étions débarrassés de son pucelage. Tout cela allait prendre du temps, mais il le fallait si elle voulait réellement nous appartenir à Ian et à moi. Elle allait devoir s'habituer à ce que nous lui donnions tous deux du plaisir. Ensemble.

J'essuyai mon menton d'un revers de main. « Alors j'arrête tout. »

Elle ouvrit les yeux et, comme paralysée, elle croisa mon regard. « Quoi ? » demanda-t-elle, plus décontenancée que jamais.

« Si tu ne veux pas jouir, j'arrête tout, » répétai-je en me redressant. Ma queue était dure comme la pierre, mais je ne pouvais pas m'en soucier pour le moment.

Ian lui lâcha les jambes et elle put finalement s'asseoir, la confusion et l'excitation se mêlaient sur son visage. Elle était belle avec ses cheveux trempés qui lui retombaient dans le dos, ses boucles pleines de nœuds qui s'étalaient sur ses épaules et sur ses seins – elle était belle et elle ne le savait même pas. Cramoisie, elle s'était assise de manière à me laisser apercevoir sa chatte. Impossible de rater ses lèvres roses et gonflées.

Ian se dégagea et s'approcha de la commode pour prendre une petite boîte qui renfermait des plugs anaux. Il l'ouvrit et en tira le plus petit, ainsi qu'un bocal de lubrifiant. J'avais eu l'honneur de lui prendre son pucelage et de goûter le premier la douceur de son sexe. Il était donc naturel que Ian s'amuse avec elle à son tour, qu'il fasse comprendre à Emma que nous nous occuperions tous deux d'elle, chacun notre tour pour l'instant.

Ian s'installa au bord du lit. « Viens t'allonger sur mes genoux, fillette. »

Elle écarquilla les yeux et se précipita de l'autre côté du lit, dos au mur. Dans cette position, elle mettait encore mieux ses atouts en valeur. Je me délectai de cette chatte exhibée et me contentai de la fixer du regard tandis qu'Ian prenait le relais. Je m'adossai contre le chambranle de la porte, détendu et prêt à profiter de leurs ébats. Il me suffisait de la regarder, toute nue et négligée, pour me sentir à l'étroit dans ce pantalon.

« Ah non, pas de fessée. Je n'ai rien fait de mal !

— Non, c'est vrai. Tu as été une gentille fille. Je veux que tu viennes pour te préparer le cul, pas pour te fesser.

— Me quoi ? » cria Emma, bouche bée, yeux écarquillés.

— Vas-y, tu peux le dire. Te préparer le cul, vas-y dis-le, fillette. » Elle ne bougeait pas et Ian dut hausser les sourcils, la mettant au défi de le contrarier.

« Me préparer le cul, murmura-t-elle en fixant ses pieds.

— Très bien, maintenant viens par là. » Il prit une voix plus grave.

Emma nous regarda tous les deux, jaugeant les solutions qui s'offraient à elle et toutes leurs conséquences. C'était une femme intelligente, éduquée ; je n'avais pas besoin de mieux la connaître pour savoir qu'elle venait d'une bonne famille. À pas de velours, elle contourna lentement le lit pour venir se placer devant Ian.

Il l'attrapa au niveau du cou et la tira vers lui pour l'embrasser. Je vins me placer juste derrière elle, ma queue nichée contre le bas de son dos. Je me penchai et repoussai sa longue chevelure pour pouvoir baiser ses épaules nues, lui caressant les bras de bas en haut. Elle ne voulait pas jouir, mais nous n'avions pas la force de la laisser tranquille.

Aussitôt que Ian relâcha son emprise, je partis reprendre position contre le mur. Il la tira contre lui, l'obligea à se placer en travers de ses genoux. Le haut du corps étalé sur le lit, elle haletait.

« Ian ! » Elle se redressa un peu et regarda par-dessus son épaule – un feu embrasait les profondeurs de ses beaux yeux bleus. Ian pressa son imposante paume contre son dos, s'assurant ainsi qu'elle ne se relève pas.

Il plongea deux de ses doigts dans le bocal de lubrifiant, les couvrant de cette substance transparente et huileuse.

« Je pourrais passer ma soirée à t'embrasser. Aucune chance que je me lasse un jour de ton goût sucré, mais je veux m'occuper de ton cul, lui dit Ian. Nous allons t'enculer, et souvent, mais tu n'es pas encore prête, lui indiqua-t-il alors qu'elle commençait à s'agiter. Nous ne voulons pas te faire de mal et c'est notre boulot de te préparer, de t'entraîner à accueillir nos queues. »

Quand ses doigts se placèrent contre sa rosette, Emma sursauta et s'agita. « Non. C'est mal.

— Ah, mais au contraire. » Ian la massait et appuyait de plus en plus fort. « C'est ton devoir, tu dois obéir à tes hommes, leur faire du bien. Tu vas devoir nous faire plaisir avec tous tes trous. Ta chatte étroite, ta délicieuse bouche et ton petit trou du cul. Tu vas nous faire un bien fou et, en échange, on te fera grimper aux rideaux. On t'a baisé la chatte et tu as adoré ça. Tu as taillé ta première pipe et tu as joui après ça. Maintenant, il faut s'occuper de ton cul. »

Elle se crispa et gémit quand un des doigts d'Ian s'infiltra dans son petit trou. Elle s'était vaillamment débattue, mais son corps ne résisterait jamais très longtemps à nos attentions. Nous allions lui montrer toutes les façons de prendre du plaisir, toutes les sensations que lui offrait son corps. Elle se méfiait encore pour le moment, mais elle nous réclamerait bientôt des sodomies. Rien qu'à cette idée, je sentis ma queue se durcir encore, brûlant d'envie de la tringler. Mais elle n'était pas encore prête et sa soumission à Ian allait devoir me suffire pour l'instant. Bientôt, elle allait apprendre à nous faire confiance, nous sachant prêts à tout pour la rendre heureuse, pour la satisfaire et la rassasier de toutes les manières imaginables.

« On ne veut pas te faire de mal, fillette. On fait ça pour toi, tu sais. » Ian la ramonait lentement de son index, le corps d'Emma affalé contre ses genoux – elle respirait fort, paniquée. Elle miaulait en le sentant enfoncer son doigt encore et encore, de légers gémissements lui échapper continuellement.

« Notre ami Rhys est un charpentier particulièrement doué – il n'a pas son pareil avec une décolleteuse. Il fabrique tous nos godemichets et tous nos plugs, tu vois ? Quand Andrew et Robert ont épousé Ann, il a fait les leurs sur mesure. Nous ne te connaissions pas encore, mais Ian et moi savions que nous allions devoir entraîner notre future épouse. Rhys nous les a préparés et nous les avons gardés, en t'attendant. Et le moment est venu. Mais ne t'inquiète pas, je ne vais utiliser que le plus petit cette fois. »

Je ne pouvais plus me contenir, je m'agenouillai devant ses hanches. Je glissai mes mains sous celles de Ian et je glissai mes doigts contre ses petites lèvres. « Elle mouille, » commentai-je en voyant sa chatte et ses cuisses luisantes. Elle gémit en m'entendant prononcer ces mots.

« Tu aimes ça, fillette ? » demanda Ian.

Elle secoua la tête, mais ne répondit rien.

« Ton corps nous dit le contraire, fillette. Est-ce que tu sens toutes ces nouvelles sensations dans ton cul ? Kane lui voit bien que tu es excitée. Tes deux hommes ont leurs mains sur toi, maintenant. Pauvre fillette, jamais satisfaite. »

Doucement, Ian glissa son majeur en plus de son index, la baisant lentement, lui dilatant sa petite rosette tandis que je trouvai sans grande difficulté son clito gonflé, qui réclamait mon attention.

« Non. » Elle haletait. « Je n'aime pas ça.

— Quoi ? Tu n'es pas contente de prendre du plaisir de ce côté ? De savoir que Kane me voit te prendre le cul pour la première fois ? De le sentir jouer avec ton clito ? »

Elle recula les hanches, sans comprendre qu'elle désirait sentir les doigts d'Ian s'enfoncer encore, et peut-être sentir les miens également. Quand Ian la pénétra un peu plus encore, elle se mit à pleurer. Pas de douleur, certainement pas. Jamais nous ne lui infligerions la moindre souffrance. C'était la complète antithèse de ce qu'elle ressentait. Elle avait tellement besoin de jouir qu'elle s'enlisait sous une montagne de frustration et d'émotions qu'elle ne savaient exprimer autrement qu'en pleurant. « C'est mal ! »

De sa main libre, Ian ramassa le petit plug que Rhys avait si habilement fabriqué, le trempa généreusement dans le bocal de lubrifiant et retira ses deux doigts – Emma se détendit sur ses genoux. La façon qu'elle avait de se crisper autour des doigts d'Ian me laissait imaginer l'effet que cette contraction aurait sur ma queue. J'étouffai un gémissement en sentant ma queue se gonfler encore.

Avant qu'Ian ne mette en place le plug, je pus voir son petit trou qui se commençait déjà à se resserrer. Ian ne lui laissa pas le temps de se contracter complètement et appuya doucement le plug. Elle gémit et tous ses muscles se raidirent à nouveau – je lui caressai la jambe de manière à la calmer.

Une fois en place, la petite poignée en bois sombre était immanquable. Emma ne s'était que légèrement dilatée – ce n'était qu'un début, afin de l'habituer et de la préparer à accueillir nos queues. Les lèvres de sa chatte excitée étaient chaudes et moites. J'avais réveillé tout son corps en posant ma bouche à cet endroit quelques minutes plus tôt. Malgré ses protestations, il était évident que cette gâterie anale intensifiait son plaisir, son envie de jouir. Ses cuisses s'étaient couvertes de son miel et sa peau d'un voile de sueur. J'approchai à nouveau ma main de son sexe et lui titillai le clito – Emma se cambra en gémissant.

Elle sanglotait – son désir s'exprimait malgré elle sous mes caresses.

« Tu vois, bébé ? Que du plaisir, lui dis-je en continuant à lui caresser le minou et la cuisse.

— Tu as le droit de jouir, fillette. »

Voyant qu'elle ne répondait pas, je passai une nouvelle fois mon doigt contre son clito.

Elle pleurnicha : « Je ne veux pas de cette chose en moi. C'est trop gros. »

Elle restait obnubilée par les choses que nous lui faisions et ne voulait pas s'intéresser à ce qu'elle ressentait.

« Le plug n'est pas aussi gros que nos queues, Emma, lui rappelai-je. Nous allons te baiser tous les deux en même temps. Ian te prendra le cul, pendant que je te réjouirai la chatte.

— Mais... Mais comment c'est possible ? demanda-t-elle, le souffle coupé.

— C'est possible, fillette. Tout à fait possible et nous ne nous en priverons pas, » dit Ian.

Elle gémit, imaginant sans doute les sensations qu'elle allait éprouver une fois empalée par nos deux queues.

« Tu te débrouilles très bien. Fais-nous plaisir et jouis maintenant. Montre-nous. Montre-nous que tu es une gentille fille, l'encouragea Ian.

« Non, renifla-t-elle. Non, je ne peux pas. Oh, mon dieu, non... »

Elle était désespérée, perdue. Nous la laissions pour l'instant décider si elle voulait jouir ou non, sans le lui ordonner. De toute évidence, il allait pourtant falloir que nous lui disions de jouir, que nous prenions la décision pour elle. Elle voulait se soumettre. Si Ian haussait le ton, s'il arrêtait d'employer ces mots encourageants et apaisants et commençait à être plus exigeant, Emma exploserait sans doute comme un feu d'artifice.

Toutes ses inhibitions étaient évidentes. Son cerveau gardait son emprise sur son corps. Et elle allait donc devoir apprendre une autre leçon aujourd'hui. Ayant entendu cette réponse, Ian retira lentement et soigneusement le plug du cul d'Emma et nous l'aidâmes à se lever, la soutenant tandis qu'elle tentait de se remettre. Nous aurions préféré laisser le plug plus longtemps pour l'habituer, mais elle devait d'abord comprendre que son cul pouvait aussi lui apporter du plaisir, sans la moindre gêne. La sodomie finirait par la faire jouir – nous nous en assurerions – et elle se privait elle-même de ce plaisir. Nous avions tous deux nos mains sur elle et elle se refusait encore à jouir. Nous allions donc lui donner ce qu'elle voulait. Elle nous supplierait bientôt de la toucher à cet endroit, d'être touchée par chacun d'entre nous en même temps. Tant qu'elle n'en serait pas là, elle en souffrirait.

Je me levai. « Bon, nous allons te rhabiller. Tout le monde doit se demander ce qui nous prend tant de temps. »

Dur de ne pas rire en voyant l'expression d'Emma. Elle était si excitée que ses yeux bleus s'embuaient de désir. Elle restait la bouche ouverte et haletait. Une rougeur lui colorait les joues et s'invitait autour de sa gorge et de ses seins. Ses tétons roses prenaient également une teinte plus foncée et elle pressa ses cuisses l'une contre l'autre. « Mais... »

Ian posa un doigt contre ses lèvres. « Chut. Tu n'as pas voulu jouir et il n'y a aucun problème. Nous serons toujours là pour te donner du plaisir, fillette, il faut juste que tu l'acceptes. Il est l'heure d'aller manger. »

Elle fronça les sourcils, décontenancée.

Ian partit dans la salle de bain et revint avec sa robe bleue. Il la plaça à ses pieds et j'aidai Emma à l'enfiler, à passer ses bras dans les manches et à la boutonner.

« Comme nous te l'avons dit dans la diligence, tu n'as pas le droit de porter de culotte. Je vais passer un moment inconfortable à table, la queue raidie, sachant que ta petite chatte est rasée.

— Ça, je confirme, dit Ian.

— Cette robe fera l'affaire pour l'instant, mais après le repas nous demanderons à Ann de te trouver d'autres vêtements. Vous faîtes à peu près la même taille et ses robes pourraient t'aller pour le moment, avec peut-être quelques retouches. »

Comme je refaisais les boutons au niveau de sa poitrine, le dos de mes mains frôla ses tétons sensibles et un soupir lui échappa. Elle apprendrait vite qu'ici dans ce ranch son plaisir était plus important que la décence. Avant qu'elle ne nous demande de la faire jouir – qu'elle nous supplie –, elle allait devoir se mettre dans un sacré état. Même chose pour Ian et moi.

12

MMA

LE DÎNER N'ÉTAIT PAS UNE MINCE AFFAIRE. BIEN QUE LA maison n'appartienne qu'à Kane et à Ian, la salle à manger était grande, la table pouvait accueillir jusqu'à vingt personnes. Tous les hommes que j'avais rencontrés plus tôt y étaient installés et se levèrent à mon arrivée – il y avait également quelques nouveaux visages, dont une femme.

« Je m'appelle Ann, dit-elle. Je suis heureuse d'avoir enfin une autre femme avec moi. » Elle devait avoir quelques années de plus que moi, avec un large sourire et des douces manières. Ses cheveux avaient la couleur du blé et elle les coiffait en une simple queue de cheval. Avec cette peau pâle et ces yeux bleus, elle ne manquait pas d'allure. Comme l'avait dit Kane, nous faisions à peu près la même taille, mais ma poitrine était un peu plus ample que la sienne. Dans cette robe bleue douteuse avec mes cheveux emmêlés, j'avais de mon côté l'air d'une traînée.

Leur Mariée enlevée

Je m'efforçai de sourire, mais j'éprouvais quelques difficultés – de toute évidence, tout le monde connaissait la raison de notre retard. S'il leur restait encore un doute, me voir dans cet état leur mettrait très vite la puce à l'oreille. Mes joues étaient rouges, j'en sentais la chaleur, et mes tétons se dressaient sous le tissu de ma robe et je ne portais aucun corsage pour dissimuler cette réaction.

Ma chatte, comme disaient Kane et Ian, brûlait d'un désir insatisfait. Être épilée me donnait des sensations... étranges. Une nouvelle douceur. Mon cul restait douloureux et ne s'était pas remis du traitement que lui avait réservé Ian, mais il me brûlait également et quelques étincelles de plaisirs me secouaient à chaque fois que je me contractais.

Ian tira une chaise pour moi et je m'installais à table sans y penser, mes époux de chaque côté de moi. « Je te présente Robert et Andrew, les époux d'Ann, » dit Kane en me désignant deux hommes qui acquiescèrent en me souriant, de l'autre côté de la table. Tous les hommes du ranch étaient robustes, comme si l'air pur, le travail manuel et une nourriture saine les avaient façonnés à cette image.

Des plateaux et des bols étaient distribués autour de la table – Kane ou Ian remplit mon assiette au passage. J'étais heureuse qu'ils m'aident de cette manière, car j'étais perdue dans mes pensées et perdue dans ces nouvelles sensations également, cette nouvelle envie de jouir.

« Les hommes ont tous leur propre maison, mais nous prenons tous nos repas ensemble, » continua Kane. Il agissait comme si rien ne s'était passé quelques minutes plus tôt, alors qu'il m'avait dit qu'il bandait. Peut-être était-il plus doué que moi pour cacher ces choses. « Ann vient tous les matins pour cuisiner, aidée par l'un d'entre nous, chacun notre tour. Tu pourras l'aider également ou si tu as d'autres talents, les mettre à profit ailleurs dans le ranch. »

Je jouai avec la nourriture dans mon assiette en écoutant

parler Kane, mais en restant accaparée par les sensations que me communiquait mon corps. Je ne pouvais m'empêcher de serrer les cuisses pour apaiser mes douleurs, mais cela ne m'aidait pas réellement. J'avais mal, non seulement à cause de mon dépucelage, mais à cause de cette première invasion dans mon cul. Je m'agitai sur cette chaise en bois pour essayer de me soulager. Rien n'y faisait. Je craignais qu'il n'y ait qu'une solution, celle que m'avaient proposé à deux reprises mes hommes – la jouissance. J'allais devoir jouir.

« Mange, fillette. » Ian se pencha vers moi et me baisa le front avant de se remettre à manger.

« Est-ce que ça va ? » demanda Ann qui s'était installée en face de moi. Elle me dévisageait, la tête légèrement inclinée. « Tu as l'air fiévreuse. Un voyage trop éprouvant ? »

Je secouai la tête, ne souhaitant pas lui révéler pourquoi j'avais l'air en chaleur.

« Te rappelles-tu tes premiers jours au ranch, Ann ? Emma doit assouvir les désirs de deux hommes passionnés désormais. » Je ne savais qui de Robert ou de Andrew avait prononcé ces mots. Impossible de me souvenir lequel portait la barbe et lequel était le blond.

Le visage de l'autre femme s'illumina de compréhension. « Il y a pire, n'est-ce pas ? » dit Ann en se mordant la lèvre avant de chercher des yeux ses maris.

« Pire ? dit l'un d'entre eux. Si je me souviens bien, Kane est arrivé en courant parce qu'il s'imaginait que nous étions en train de te battre, alors que tu hurlais de plaisir. »

Kane gloussa. « Je me rappelle bien.

— Est-ce que tu te rappelles ce qui t'avait fait jouir si fort cette fois-là ? »

Ann rougit jusqu'au cuir chevelu. « Je... Je ne peux pas le dire.

— C'était la première fois que nous te dilations le cul. Tu avais trouvé ça très agréable.

— Robert, » interrompit Ann qui n'osait plus lever les yeux de son assiette. Elle s'agitait sur sa chaise.

« Je sais que tu as du mal à parler de ces choses, mais tu dois t'y entraîner. Si tu refuses de lui dire comment tu prends ton plaisir, tu devras lui décrire tes punitions. » La voix d'Andrew, pleine de patience et de calme, était grave. Aucun de ces deux hommes n'avait un accent britannique.

« Mais... Je n'ai envie de parler de ça à personne.

— Il n'y a aucune honte à se faire pardonner. Tu peux lui décrire tes châtiments ou risquer qu'elle n'en voie un exemple dans quelques minutes. » Je reconnus le ton qu'employait Andrew – le même qu'avaient employé avec moi Kane et Ian.

« Je reçois des fessées, » répondit-elle, mal à l'aise. La réponse était courte et correspondait aux demandes de son mari, mais à en juger par les grimaces de ses époux, ce n'était celle qu'ils attendaient.

« Emma a sans doute déjà goûté à ce genre de punitions, répondit Robert. Explique-lui au moins pourquoi tu as reçu cette fessée, s'il te plaît.

Ann s'humecta les lèvres. « Je suis allée près de l'étalon dans l'enclos extérieur. »

J'étais une cavalière accomplie, mais je ne comprenais pas ce que cet acte avait de si dangereux.

Andrew le clarifia pour moi. « L'étalon sentait que sa jument était en chaleur et n'avait qu'une idée en tête, la monter. Ann n'a pas écouté nos avertissements et s'est approchée de lui. »

En effet, l'épisode paraissait dangereux.

« Ann est la chose la plus précieuse au monde, mais nous ne pouvons pas la protéger si elle n'écoute pas nos conseils. » Robert caressa la joue d'Ann. Elle se tourna vers lui et lui adressa un sourire plein d'amour. Andrew lui caressait les cheveux et elle se tourna ensuite vers lui.

Leur amour était évident et ces punitions ne semblaient pas troubler leurs relations. Ian et Kane, bien que sévères et exigeants, n'étaient pas non plus rancuniers à propos de mes transgressions. Une fois le châtiment infligé, tout était pardonné. Je n'avais pas à me soucier de savoir s'ils me considéraient encore digne d'être leur épouse – bien au contraire, en fait. Ils avaient l'air satisfait de moi. Il n'y avait que moi qui avais du mal à m'adapter à ces petits arrangements.

Les autres hommes autour de la table mangeaient comme des affamés. Les couverts griffaient la porcelaine de leurs assiettes et ils n'avaient pas fini qu'ils se resservaient déjà. Mais il ne faisait aucun doute qu'ils suivaient attentivement cette conversation.

« Arrête de gigoter, mon amour, dit Andrew à Ann.

— Je suis désolée, mais c'est... » Elle se pencha pour lui murmurer à l'oreille.

« Nous sommes heureux de savoir que tu as un plug dans le cul. En fait, heureux n'est pas le bon mot. Tu n'es pas la seule à être dans un état d'inconfort autour de cette table. »

La confusion troubla le visage d'Ann et Andrew lui prit sa fourchette des mains, la posa sur son assiette, avant de tirer la main d'Ann contre son entrejambe. « Oh ! » s'écria-t-elle.

Ses deux maris fixaient Ann avec chaleur et excitation.

Kane se pencha vers moi. Je notai son odeur d'homme propre. Du savon et quelque chose d'autre que je ne reconnaissais pas, mais le parfum était enivrant. Je serrai les cuisses. « Comme tu peux le voir, Ian et moi ne sommes pas les seuls à bander. »

J'étais en effet satisfaite de savoir que mes hommes partageaient mon excitation. « De quoi parlent-ils, demandai-je.

— Eh bien, elle a un plug dans le cul. »

J'écarquillai les yeux en pensant à l'expérience que j'avais vécue juste avant le repas et en m'imaginant la revivre en public.

« Tu te demandes pourquoi elle le porte maintenant, pendant le repas ? » me murmura Ian en se penchant vers moi.

C'était comme s'il lisait dans mes pensées. J'acquiesçai brièvement.

« Dans quelque temps, nous te ferons garder le plug dans le cul plus longtemps pour que tu sois prête à baiser, prête à nous accueillir tous les deux en même temps, me dit Kane. Te dilater, te fourrer le plug quelques minutes n'était qu'un début.

— Mais quand même, pendant le repas ? » couinai-je.

Ian haussa les épaules négligemment. « Nous verrons bien, et puis tu n'as pas ton mot à dire, tu sais.

— C'est à nous de décider ce qui est mieux pour toi, ajouta Kane. Tout comme Robert et Andrew décide pour Ann.

— C'est mieux pour moi d'avoir... un plug dans le cul ?

— Pour te préparer à la sodomie, pour que nous puissions te baiser tous les deux en même temps, oui. Nous ne souhaitons pas te faire de mal et nous ne prendrons ce trou délicieux qu'au moment où tu y seras préparée. » dit Kane en coupant son steak. Cette conversation était ridicule ; parler de plugs et de culs à table était impensable. Jusqu'à présent.

« Préparée et excitée, » ajouta Ian.

J'avalai ma salive à cette idée, en me rappelant la taille de leurs queues, ce que j'avais ressenti quand ils m'avaient baisée. Le plaisir qu'ils m'avaient procuré. Ils voulaient les fourrer... là ? Une dans le cul et l'autre dans ma chatte, en même temps ? Dans quoi je m'étais embarquée ? Et pourquoi, pourquoi l'idée d'être prise de la sorte ne faisait que m'exciter davantage ?

« Ann prend du plaisir quand nous l'enculons et nous le

faisons très souvent, dit l'un de ses maris. Nous faisons bien attention à elle et nous nous assurons toujours qu'elle est prête. Elle a besoin d'un plug pour rester dilatée et rester prête à nous accueillir.

— C'est pour elle que nous faisons tout ça, ajouta l'autre. Tout ce que nous faisons est pour Ann.

— Ce sujet de conversation est un choix étrange pour le dîner, commentai-je. Un choix étrange de manière général d'ailleurs.

— Tu ne t'attendais pas à avoir deux maris ? » demanda Rhys. Je levai les yeux vers lui, à l'autre bout de la table.

« Certainement pas, répondis-je.

— Tu t'attendais à être baisée sous la couette, lumière éteinte ? » demanda Ian, le sourcil arqué.

Je sentais mes joues s'empourprer. « C'est ce qu'on m'avait dit, » dis-je. Je pensais à Thomas, à Allen et à Clara. Ils m'avaient certainement proposé une alternative au lit. Ce que j'avais dû faire pour mes maris dans la diligence avait également altéré mon point de vue.

« Peut-être que ce qu'on t'avait décrit n'avait rien de normal, dit Kane, en pressant sa main sur les miennes. Peut-être que ce que nous faisons à Bridgewater est la normalité. »

Je fronçai les sourcils. « Qu'est-ce qui est normal alors ?

— La norme, c'est tout ce que réclame un mari. Tout ce qui satisfait une épouse. Ça peut très bien être une simple partie de jambes en l'air.

— La sodomie, aussi, ajouta Ian.

— Avec préliminaires, dit Andrew.

— La fellation.

— Lui bouffer la chatte.

— N'importe où.

— Où on veut. »

Les hommes ajoutèrent tous des choses à cette

conversation scabreuse jusqu'à ce que mon esprit soit rempli d'une multitude de possibilités inimaginables.

« Jusqu'à satisfaire tes deux maris, » dit Ann. Andrew et Robert se tournèrent vers elle, Andrew penchant son visage vers elle pour l'embrasser, puis Robert à son tour.

« Tu vois, fillette, aucune raison d'être gênée, dit Ian, rassurant. Seulement excitée. Ce que nous avons fait avec toi plus tôt, avec cet entraînement...

— Et en goûtant ta chatte délicieuse, coupa Kane.

— Tout cela, c'est pour te faire du bien. Et tu as refusé de jouir.

— Emma, écoute les conseils d'une femme, dit Ann en se penchant vers moi. Si tes hommes t'offrent du plaisir. Prends-le. Accepte-le. Profite. » Elle sourit.

En m'agitant sur mon siège, je réalisai que j'avais mal entre les cuisses et ce n'était pas à cause de ce que m'avaient fait Kane et Ian. Non, c'était ce petit paquet de nerfs que j'avais frotté et touché jusqu'à crier dans la diligence, que Kane avait léché et sucé. À l'étage, ils avaient fini par me laisser tranquille, parce que je le leur avais demandé. Et pourtant, il me tardait maintenant qu'ils me touchent, sachant que c'était le seul moyen pour que cette douleur s'en aille. Mes tétons s'étaient contractés sous ma robe, durcissant au fil de mes pensées coupables. Suivant les conseils d'Ann, je devais accepter leurs offrandes que je ne manquerais pas d'apprécier.

« Quelques hommes du côté de Bozeman posent des questions, » déclara quelqu'un, détournant heureusement le cours de la conversation. Je ne me souvenais pas de son nom, mais il avait les cheveux et les yeux noirs.

Tout le monde arrêta de manger et le silence régna dans la pièce.

« Comment le sais-tu, demanda Ian d'un ton lugubre.

— Je suis allé en ville en ton absence et Taylor, dans le saloon, bavassait.

— Alors vous l'avez fait boire, » supposa Mason.

Simon acquiesça. « On a joué aux cartes. Rien de ce qu'il a dit n'aurait éveillé mes soupçons, mais il a parlé de types avec des accents bizarres. Ses mots, pas les miens. »

Des accents bizarres, comme le groupe réuni autour de cette table. Impossible pourtant d'en trouver d'autres dans le coin – un ou plusieurs – qui partageraient cet accent, surtout pas dans le Montana.

« Ce n'était qu'une question de temps, déclara Ian, déçu.

— Ça fait déjà cinq ans, répliqua Mason, pointant sa fourchette vers Ian.

— Evers n'abandonnera jamais. »

Les hommes recommencèrent à manger et la conversation semblait terminée. Je me tournai vers Ian. « Qui est Evers ? »

Il me regarda en souriant, de petites rides se formant au coin de ses yeux. Je ne le connaissais pas depuis longtemps, mais je savais que c'était un sourire forcé, qu'il essayait de me protéger. Il ne voulait pas m'imposer de fardeau. « Juste un de nos collègues de l'armée.

— D'Angleterre ? demandai-je.

— Du Mohamir. »

Mohamir ? « Est-ce que c'est près de la Perse ? »

Kane acquiesça. Je tournai les yeux vers lui. « Oui. »

Les hommes achevèrent leur repas sans plus rien dire, tous perdus dans leurs pensées. Il voulait visiblement me cacher quelque chose, une chose qui les poursuivait depuis des années. Aucun ne lâcherait le morceau, mais ils avaient tous la tête ailleurs. Une fois le repas terminé, ils se levèrent et débarrassèrent la table, emportant toute la vaisselle dans la cuisine. Mason était de corvée ce soir, en plus d'avoir aidé

Ann à cuisiner ; si j'avais bien compris, ils devaient tous le faire chacun leur tour. Je rougis en repensant à ce qu'il aurait pu voir tout à l'heure devant notre porte – Ian me tenait alors les jambes et Kane me rasait. Kane me cachait heureusement et Mason n'avait rien vu, mais il savait ce que mes maris avaient été en train de me faire. Mes joues me brûlaient.

Quand Mason me surprit en train de le regarder, il me sourit en m'adressant un clin d'œil. Je rougis encore plus et me détournai. Au centre de la cuisine, les hommes tournaient autour de moi et je me sentais dépassée. Ils avaient tous l'air si habitués les uns aux autres, si organisés, si à l'aise. Je ne me sentais pas à ma place, déboussolée et effrayée à l'idée de faire un faux pas. Au lieu de rester dans leurs pattes, je décidai d'aider en ramassant le reste de la vaisselle. Je me dirigeai donc vers la salle à manger, mais je m'arrêtai net juste sur le seuil.

Ann se trouvait à l'autre bout, mains contre le mur, avec Robert derrière elle. Il la baisait. Naïve comme je l'étais, je comprenais tout de même ce qu'ils étaient en train de faire, bien que je n'aie jamais imaginé le faire debout. Robert avait tiré sa queue de son pantalon, une queue qui me paraissait bien grosse, même depuis l'autre bout de la pièce. Il l'avait enfoncée dans la chatte d'Ann une première fois avant de se retirer – il lui avait saisi les hanches, en avait ajusté la position, la maintenant en place pour mieux la besogner.

Andrew se tenait à côté d'elle et il se caressait la queue de haut en bas. « C'est bien, Ann. Nous n'en pouvions plus d'attendre de te baiser à force de te voir bouger et te tortiller sur ta chaise, le cul fourré. Tu sais que tu nous appartiens. »

Ses mots n'étaient chargés d'aucune sévérité, ils étaient doux et tendres. Apaisants. Ann cria, sans aucun doute de plaisir. « Oui, oh, Robert. Plus fort.

— Tu aimes ce que tu vois. »

Les mots à mon oreille me firent sursauter, une main contre ma poitrine. « Ian, tu m'as fait peur.

— Tu penses peut-être qu'Andrew et Robert sont des hommes durs et cruels de parler si franchement d'Ann. Est-ce qu'ils te paraissent indifférents ? »

Ann était en train de jouir, un gémissement profond lui échappa.

Le son me secoua dans tout mon corps. Je voulais avoir l'attention de mes maris, tout comme Ann. Je voulais sentir les mêmes choses, un plaisir impossible à contenir. Je frottai mes cuisses l'une contre l'autre, mes cuisses qui étaient déjà humides. Mes tétons se dressaient douloureusement.

« Tu vois ? Ils prennent soin d'Ann, comme nous prenons soin de toi.

— Mais pourquoi font-ils cela devant nous ?

— Ils s'occupent d'elle. Tu as vu à quel point Andrew était excité à table. Impossible d'attendre. Ses hommes sont là quand elle est prête pour une bonne baise. Elle ne s'agitait pas à cause du plug, mais parce que sa chatte était prête à se faire baiser. Ses besoins passent avant tout, où qu'ils soient. Nous le comprenons tous. De plus, Ann sait que ses maris l'adorent et qu'ils n'ont pas peur de le montrer. »

Andrew donna un dernier coup de rein et resta en elle, serrant la mâchoire, lui agrippant toujours les hanches. Au bout d'un moment, il se retira, la queue satisfaite – des gouttes de sa semence tombaient sous Ann, qui portait toujours le plug dans son cul. Oh ! Il avait l'air énorme ! Ils l'avaient baisé pendant qu'elle portait ça ?

Robert remplaça Andrew derrière Ann et, sans cérémonie, il la pénétra. « Ann, tu es si douce avec ce foutre. »

Ian me prit la main et me tira de la pièce vers l'escalier

alors que nous entendions encore les gémissements d'Ann. « Où allons-nous ? »

Kane nous attendait sur le palier. « Tu t'es bien comportée pendant le repas, alors tu vas avoir ta récompense. »

13

ANE

Les paroles de Simon pendant le dîner m'avaient distrait et agité. Me rendaient carrément fou. Je guidais ma femme jusqu'à la chambre pour la déshabiller et la faire crier, mais je pensais aux hommes qui allaient venir pour Ian. Il ne faisait aucun doute qu'il s'agissait d'Evers, ou du moins de ses hommes. Une fois qu'ils auraient trouvé Ian, ils allaient vouloir le ramener en Angleterre pour le procès. Ou alors, ils le traîneraient devant un précipice avant de l'abattre, un autre genre de justice, expéditive. Nous ne nous laisserions pas faire. Ian n'avait rien fait de mal et Evers le savait. Mais épingler ses propres crimes ignobles sur Ian lui avait permis de sauver sa peau. Un duc ne pouvait pas se salir les mains avec un meurtre, même commis en temps de guerre. Même commis dans un autre pays, dans une autre culture, même à Mohamir.

Alors qu'Ian fermait résolument la porte derrière nous, je

tâchai de mettre ces idées de côté pour l'instant. Emma avait besoin de notre attention. Elle l'avait mérité, la réclamait. Lorsque Ian croisa mon regard, je parvins à deviner ses pensées. Quoi qu'il puisse lui arriver, je prendrai soin de notre femme. Je serai là pour elle. Pour la protéger. Même si Ian devait s'en aller.

Inadmissible.

Le soleil se couchait lentement, la pièce était baignée de la douce lumière du soir, qui nous éclairait suffisamment pour que nous n'allumions aucune lampe. Une légère brise entrait par la fenêtre ouverte et j'entendis les hommes qui travaillaient encore en bas. Une fois la vaisselle terminée, ils s'occupaient des chevaux avant de rentrer chez eux.

« As-tu déjà vu un homme complètement nu, Emma ? » demanda Ian en défaisant les boutons de sa chemise.

Elle secoua la tête, surveillant attentivement les doigts de Ian, qui lui révélait son torse un bouton à la fois.

« J'étais nu, mais je l'ai baisée sous les couvertures ce matin, dit Ian à Kane avant de sourire d'un air penaud. Nous manquions de temps.

— On ne te baisera pas sous la couette avant la prochaine tempête de neige. Ton excitation m'a rendu fou pendant tout le repas."

— Mon... mon excitation ?

— Ton parfum. Tes tétons durs contre ta robe. Tes joues rouges. Enlève ta robe, bébé, » dis-je d'une voix rauque. J'avais dû contenir mon érection quand je m'étais retrouvé le visage entre ses cuisses, quand j'avais vu Ian enfoncer le plug dans son cul vierge. Pareil pendant le dîner. Mais je ne pouvais plus attendre.

« Ça ne vous dérange pas que Mason sache ce que nous faisions plus tôt ? Andrew et Robert ne devraient-ils pas garder secret ce qu'ils font avec Ann ? » demanda-t-elle, en déboutonnant son corsage. La question ne me dérangeait pas, j'étais simplement heureux qu'elle ôte d'elle-même sa robe.

Je m'arrêtai dans mon déshabillage et lui accordai toute mon attention – la question était sérieuse. Importante.

« Il n'y a rien de secret à Bridgewater, bébé.

— Confidentiel, oui, mais secret, non, ajouta Ian.

— Aucun des autres hommes n'éprouvera la même excitation que nous en sachant que tu as la chatte rasée et parfaitement lisse. Ils ne penseront pas de mal de toi, s'ils t'entendent jouir. Au contraire, ils seraient très vite en colère contre nous, s'ils apprenaient qu'on ne te traitait pas bien. Ton plaisir confirme simplement le fait que nous sommes de bons maris.

— Tu nous appartiens et ils le savent, ajouta Ian. Tout comme Ann appartient à Andrew et Robert, même si nous les avons vus la baiser en bas. Les autres hommes finiront par trouver leur propre épouse. »

Elle réfléchit à nos paroles et resta plantée là, le corsage assez ouvert pour révéler ses beaux seins. J'avais besoin de me calmer ; je voulais soulager toute la tension dans mon corps en me perdant dans le sien. Mais cela n'allait pas arriver ce soir. Sa chatte lui faisait encore mal et n'était pas une option, mais il y avait beaucoup d'autres possibilités de nous faire du bien à tous.

Elle hésita avec les boutons restants, distraite par Ian et très certainement toujours excitée. Nous l'avions laissée tranquille, encore pleine de désir – proche de l'orgasme mais sans pouvoir l'atteindre. Nous ne la ferions jouir que lorsqu'elle accepterait sa situation. Elle s'auto-infligeait sa punition.

« Pourquoi cet homme, Evers, vous met-il en colère ? » demanda-t-elle. J'avais dû avoir l'air trop disposé à répondre à ses questions. Il ne semblait pas dans sa nature d'ignorer ses inquiétudes.

Ian s'arrêta alors qu'il défaisait sa braguette, fronçant les sourcils. « C'était le commandant pendant notre séjour dans le Mohamir.

— Le vôtre ?

— Ne t'arrête pas, Emma. Je veux te voir, » lui dis-je, réorientant ses pensées. Ses doigts commencèrent à bouger à nouveau, mais je lisais dans ses yeux magnifiques qu'elle n'en démordrait pas. Je voulais connaître ses pensées, partager ses expériences, apprendre d'elle. Evers n'était qu'une personne à laquelle aucun d'entre nous ne souhaitait penser, dont on ne voulait pas parler – surtout pas quand apparaissait un téton rose et quand cette robe défaite commençait à glisser.

« Celui de Kane et moi. Celui de Mason, Brody, Simon et Rhys aussi. » Ian prononça ce dernier nom à l'anglaise, « Reese ». « Nous étions stationnés ensemble à garder les navires britanniques dans les Dardanelles pendant un certain temps, puis nous avons dû accompagner des dignitaires britanniques à Mohamir. Ils devaient rencontrer les dirigeants religieux et laïcs de la région. »

La robe glissa de son corps et tomba à ses pieds. Ian et moi nous arrêtâmes pour bien la regarder – ses tétons se dressaient. J'avais de toute évidence une obsession pour ses tétons.

Je tirai sur ma chemise, me débarrassant aussi vite que possible de mes vêtements. Ian était déjà nu et se positionnait au milieu du lit. « Approche, fillette. »

Emma monta et Ian la tira contre sa poitrine, l'embrassa, ses bras l'enroulant fermement. Je salivai d'envie de l'embrasser à mon tour. Ça faisait trop longtemps. Une heure peut-être ?

« Evers n'a aucune importance pour l'instant, dit Ian en levant la tête pour la regarder, pour lui caresser les cheveux. Mon dieu, tu es tellement mouillée que je le sens déjà sur ma cuisse. » Il leva sa jambe pour appuyer contre sa chatte.

Je m'installai au bord du lit, pour les regarder, tendant la main pour caresser la longue jambe d'Emma.

« Puisque tu as trop mal pour baiser, je vais te goûter. Viens, » dit Ian. Il souleva sans difficulté Emma et la retourna de manière à ce que je la voie de face – toujours à quatre pattes au-dessus de Ian. Il lui prit les hanches et la tira en arrière pour qu'elle soit à califourchon sur son visage.

« Ian, qu'est-ce que... »

Je sus que Ian avait commencé à la lécher et à la sucer, quand elle écarquilla les yeux en sursautant, agitant ses seins au-dessus de lui.

« Elle est douce et pleine de jus. Elle a un goût incroyable, murmura Ian entre ses cuisses.

— Tu as envie de jouir, Emma ? » lui demandai-je. Ses yeux s'étaient fermés et elle haletait à chaque coup de langue de Ian.

« Oui ! cria-t-elle.

— Tu ne te dis pas que c'est mal ? » demandais-je en la taquinant. Nous l'avions laissée insatisfaite plus tôt, parce qu'elle trouvait inconvenant de prendre du plaisir avec deux hommes, de se laisser faire par nous deux. De nous abandonner son corps de différentes manières, toutes très intimes. J'espérais ne pas devoir reprendre cette leçon, mais je n'hésiterais pas si cela devenait nécessaire.

Elle secoua la tête, ses cheveux noirs drapés contre ses épaules.

« Non? Avant le dîner pourtant tu ne voulais pas.

— Je... j'en ai besoin. »

Je lui souris, bien qu'elle ne puisse pas me voir, les yeux encore fermés.

« Bonne fille. Ouvre les yeux, Emma. »

Ses yeux s'ouvrirent et elle découvrit le sexe de Ian, tout contre son menton. « Suce. » Je me déplaçai pour que ma queue soit juste à sa droite. « Suce-nous tous les deux. Dès que tu auras avalé notre foutre, Ian te fera jouir. »

Je voyais Ian qui ralentissait le rythme de ses caresses parce qu'Emma miaulait déjà et agitait les hanches.

« Prends-le dans ta bouche, comme tu l'as appris dans la diligence. »

Elle le fit, caressant Ian avec de petits coups de langue avant de le prendre dans sa bouche aussi loin qu'elle le pouvait. Il avait une grosse queue, encore trop grosse pour elle.

« Mets ta main autour de la base, appuie ton avant-bras sur le lit. Oui, comme ça. Maintenant, utilise ton autre main sur moi. Bonne fille. »

Ian ne mis pas longtemps à jouir ; sans doute aussi excité que moi. Regarder Emma avec ce plug tout à l'heure et la voir ensuite regarder une autre femme se faire baiser m'avait rendu fou. L'expression de son visage, ce désir impérieux qui s'y lisait, m'avait presque fait jouir dans mon pantalon comme un adolescent excité. La voir chevaucher le visage de Ian ne m'aidait pas non plus. La lécher avait certainement poussé Ian à bout. Je me rappelai la douceur de son parfum à cet endroit.

Ian donna un dernier coup de rein et il gémit. Les joues d'Emma se creusèrent – elle continuait à le sucer et avalait son foutre, s'efforçant de tout garder dans sa gorge. Elle releva finalement la tête et s'essuya la bouche du revers de la main, ne laissant qu'une goutte de foutre sur ses lèvres.

« C'est bien, fillette. Tu as tout pris. À mon tour maintenant et ensuite Ian te fera jouir. »

Son visage était rouge, ses yeux à demi voilés par le désir. Plus bas, ses tétons dressés étaient d'un rose vif.

« Tu veux ta récompense ? »

Elle acquiesça. « Oh oui, » dit-elle à bout de souffle. Elle tourna la tête et me serra entre ses lèvres rouges et gonflées.

Je soupirai en sentant la chaleur de sa bouche, sa douceur, en sentant sa langue caresser mon épaisse queue. Mes couilles se contractèrent – j'étais à deux doigts de jouir.

« Il n'y a rien de mal, bébé, à faire plaisir à tes maris. » Je serrai les dents. « À profiter de celui que nous t'offrons. Oui, comme ça, maintenant suce. C'est bien. » Je ne pus rien dire pendant une minute, la voyant s'échiner entre mes cuisses, sentant ses joues serrées contre ma queue. Le plaisir était si intense que j'avais du mal à me retenir de gicler.

Pendant que Ian reprenait ses esprits, il recommença à caresser avec ferveur la chatte d'Emma, lui tenant fermement les hanches pour la maintenir en place. Alors qu'elle me suçait, elle gémit, envoyant de délicieuses vibrations sur toute la longueur de ma bite. Ils allaient me faire jouir. Rien ne pouvait empêcher l'orgasme de venir et je gémis. Elle jouit en même temps que moi, criant contre ma queue, avalant ma semence avec voracité, ses mains serrant la couverture. Après mes derniers soubresauts dans sa bouche, elle leva la tête pour crier. « Ian, oui ! »

Ian retourna Emma sur le dos et nous commençâmes tous deux à nous occuper d'elle. Elle avait joui une première fois, mais nous n'en avions pas terminé. Ma main plongea entre ses cuisses, où elle mouillait, et je glissai doucement deux doigts dans sa fente étroite. Je m'apprêtais à découvrir les lieux de ses plaisirs secrets, je partais à la recherche de cette petite crête de chair à l'intérieur qui la faisait gémir, alors qu'Ian suçait un de ses tétons et qu'il caressait l'autre.

Emma jouit vite une deuxième fois, cambrée comme un arc, et un hurlement rauque s'échappa de ses lèvres. Ian attrapa le pot de lubrifiant et plongea ses doigts dedans alors que je retournais Emma. Cette fois, Ian lui inséra un doigt dans le cul, pendant que je continuais à la baiser avec mes doigts. Tout en nous occupant d'elle, nous lui parlions. Tu es tellement belle, Emma. Tu es si sensible, regarde comme tu jouis. Tu vois, tu vas aussi pouvoir jouir avec un truc dans le cul. Oh, c'est tellement mieux, n'est-ce pas ? Bientôt ce seront nos deux bites qui te prendront. En même temps.

Nous l'avons caressée jusqu'à ce que sa voix soit enrouée, sa peau couverte de sueur, son corps devenu fou sous nos doigts, jusqu'à ce qu'elle soit complètement épuisée.

Une fois Emma bien positionnée sur le ventre, Ian récupéra le petit plug que nous avions utilisé plus tôt. Lubrifié, le plug n'eut aucun mal à se glisser en elle. Elle ne broncha même pas. Nous admirions sa jolie chatte, sachant que son trou du cul se dilatait, bientôt prêt à nous accueillir. La mettant sous les couvertures, nous la laissâmes dormir et j'étais plus que satisfait des progrès qu'elle venait de réaliser. Heureux de l'avoir sauvée d'un destin incertain. Ému qu'elle nous appartienne.

14

ANE

« Qui part avec toi ? » demandai-je à Ian depuis le seuil de la cuisine. Il préparait une cafetière. Emma dormait dans notre lit et n'avait pas bougé quand nous avions quitté la pièce. J'avais enfilé mon pantalon, mais c'était tout. Ian était habillé, son ceinturon et son arme sur les hanches. Il était tard, près de minuit, et nous avions la maison pour nous seuls. Le seul bruit provenait du tic-tac de la vieille pendule dans l'autre pièce.

« Mason. » Les cheveux d'Ian étaient ébouriffés, mais au lieu de se pelotonner contre Emma, il se rendait à Bozeman pour voir qui le cherchait.

« Evers ne viendra pas lui-même.

— Non. Une équipe de reconnaissance. » Il attrapa une tasse. « Il ne se salira pas les mains avec le sale boulot. »

J'étais du même avis. « Nous sommes trop loin, ça lui prendrait trop de temps. Comment justifierait-il un voyage

Leur Mariée enlevée

en Amérique ? Le duc d'Everleigh perdu dans le coin... » Je secouai la tête. « Ça n'arrivera jamais.

— Nous serons rentrés d'ici une semaine. » Il haussa les épaules, prit une gorgée de café brûlant et grimaça. Ian ne savait préparer qu'un mauvais café, épais comme la boue au printemps. « Les hommes d'Evers pourraient encore attendre. Ils ont déjà attendu cinq ans. Rien ne presse, tu sais. Je veux... bon sang, il faut... faudrait d'abord prendre soin du demi-frère d'Emma. »

Ma colère à l'encontre de ce pauvre type se raviva comme des braises. « Thomas James. »

Ian acquiesça. « Oui. Je vais aussi m'occuper de cet enfoiré. »

Les dents serrés, je répondis : « Bien.

— Tu la protégeras ? » Changeant de sujet, il tourna la tête pour me regarder. Ses yeux étaient... tristes.

— Bien sûr. Tu prends soin de son demi-frère et moi je la protège.

— Je ne m'attendais pas à ce que tout aille si vite. Je me disais bien qu'il me retrouverait, mais nous venons tout juste de trouver Emma... Le destin est cruel. Nous venons de la faire nôtre. Je devrais rester ici avec vous deux, à participer à son entraînement. Il vient tout gâcher. »

Nous ne nous étions pas contentés de défendre la Couronne à Mohamir. Nous étions chargés de protéger un dignitaire du coin – un homme et ses trois frères, qui partageaient tous la même femme. Nous avions découvert que nos mœurs victoriennes étaient uniquement à l'avantage de l'homme. En Angleterre, une femme restait la propriété de son mari, qui pouvait l'utiliser et la maltraiter à sa guise, tout en baisant une tripotée de maîtresses, sans accomplir son devoir conjugal. Lorsque nous l'avions rencontrée, la femme du dirigeant de Mohamir se soumettait à un mariage à cinq, mais elle était plutôt heureuse. Elle était chérie – mot fréquemment utilisé par le dignitaire – et protégée non seulement par un homme, mais par plusieurs. Ses besoins étaient satisfaits, chaque désir charnel exaucé. À la mort d'un des frères, elle ne se retrouva pas seule, démunie et sans moyen de subvenir à ses besoins ou à ceux de ses enfants. Nous avions beaucoup appris de ce chef, de tous ses frères, et nous avions choisi d'épouser leur culture.

L'Angleterre n'était pas l'endroit idéal pour se vouer à ce mode de vie alternatif. Trop difficile à cacher. L'Amérique, en particulier l'ouest, nous offrait une nouvelle frontière, où la terre ne manquait pas et où les hommes étaient libres.

Ian et moi étions proches comme des frères depuis des années. Il n'était pourtant pas question de partager une épouse dans un premier temps. Mais nous avions rencontré Emma, un rêve. Et maintenant, elle était à l'étage, qui se reposait de nos attentions. En aucun cas, Ian ne devait rater sa vie avec elle. Evers ne lui enlèverait pas cela en plus de son grade, de sa carrière et de son pays.

« Vas-y. Occupe-toi du problème et reviens.

— Son cul est à moi, Kane. » Il me regarda droit dans les yeux. Sans ciller.

J'acquiesçai. « Je vais te la préparer. »

Je l'avais dépucelée, notre amour. Lui allait s'occuper de son cul.

« Je reviendrai. »

EMMA

Je me réveillais contre un homme pour la deuxième fois. Celui-ci, cependant, n'était pas Ian. J'apprenais vite à reconnaître mes hommes – cela ne faisait que deux jours après tout – et ils me donnaient des sensations différentes, sentaient différemment, me tenaient différemment.

Kane. Ses mains étaient plus rugueuses. Son parfum lui ressemblait. Boisé, frais. Cannelle. Ian nous avait tenu comme deux cuillères dans un tiroir. Kane m'avait étalée sur lui, une de mes jambes ballottée contre la sienne, les seins plaqués contre lui – ses quelques poils sur la poitrine me chatouillaient. J'étais confortablement installée, la tête sur son épaule, mon nez niché dans son cou. Je le respirai, savourant son immobilité. Je pouvais prendre mon temps pour l'étudier, penser à lui, à ce qu'Ian et lui m'avaient fait la nuit dernière. Mon dernier souvenir : j'étais sur mon ventre, mes genoux repliés sous moi, les mains des deux hommes entre mes cuisses écartées. Ils avaient besogné mes deux trous et je n'avais pas arrêté de jouir. J'en avais perdu la raison, dépassée par le plaisir qu'ils m'avaient procuré. Je ne m'étais pas souciée que deux hommes me touchent. Je ne m'étais pas souciée de sentir les doigts d'Ian dans mon cul. Je ne m'étais pas souciée d'avoir sucé deux queues et avalé leur foutre. Tout me paraissait unique et intime. Mon corps était fait pour eux.

Cela ne faisait plus aucun doute. Tous mes sens se réveillaient quand j'étais avec eux. La profondeur des sentiments que je ressentais n'avait rien de comparable avec ce que j'avais connu avant. Ma peau était plus sensible, mon corps plus réactif. Je me sentais délicieuse, dévergondée, délicate et courageuse. Pour ce dernier qualificatif, ils devaient me forcer un peu, mais je l'étais grâce à eux. Je n'avais jamais imaginé tout ce qui manquait à ma vie. Ce n'était que le début, mais je commençais à remercier le ciel d'avoir eu un frère tel que Thomas, un homme horrible qui n'avait pas hésité à me vendre à un bordel. Sans cela, je serais encore seule, je m'ennuierais avec ses enfants, à lui confectionner des couvertures et à participer aux dîners à l'église, complètement inconsciente du lien qui peut unir une femme et son mari.

Entre les bras surs de Kane, j'examinai mon corps. J'étais rassasiée, détendue, mais il y avait quelque chose dans mon derrière, quelque chose de dur et ça me gênait. Je serrai les fesses, pour m'en débarrasser, mais ça ne bougeait pas. Ce devait être le même plug qu'ils avaient utilisé hier avant le dîner – ils avaient dû le remettre en place dans mon sommeil. Ce n'était pas vraiment inconfortable, mais je le sentais... bien.

Je n'avais qu'à tendre la main pour toucher son torse. Je n'avais pas eu la chance de coucher avec lui la nuit dernière. C'était un homme d'action, plein d'autorité. Maintenant qu'il dormait, je pouvais sentir son cœur battre sous ma joue, regarder sa poitrine se gonfler. Les poils doux sur sa poitrine me chatouillaient et j'y glissai doucement un doigt. Sa peau était remarquablement douce pour un homme aussi bourru.

« Je peux t'entendre penser, » murmura Kane, la voix rauque de sommeil.

Je me raidis dans ses bras, mais il me serra pour me rassurer et je me détendis. « Je ne me souviens pas de ce qui s'est passé la nuit dernière.

— Nous t'avons fait jouir. Encore et encore. »

Je tournai mon doigt dans ses poils noirs. « Je me rappelle ça.

— Ton corps était trop épuisé par tout ce plaisir pour que tu puisses rester éveillée.

— Pourquoi ?

— Pourquoi est-ce que tu as joui plusieurs fois ? Parce que tu as abandonné tes inhibitions, au moins pour une courte durée. Je suppose qu'elles sont de retour en force maintenant.

— Pourquoi dis-tu cela ? » demandai-je, même si je savais qu'il avait raison, ne voulant pas le dire.

— Parce que tu as remarqué que tu avais un bouchon dans le cul.

— Oui, ça, » murmurai-je.

Il se dégagea et je me couchai sur le ventre.

« Non, ne bouge pas, » dit-il en venant s'agenouiller à côté de moi. Je regardai par-dessus mon épaule et pus voir sa queue, surgissant d'un nid de poils noirs. Je l'avais pris dans ma bouche ! Il me l'avait enfoncée... et ça m'avait plu.

« Remonte tes genoux. »

Je fronçai les sourcils. Il me regardait avec insistance, alors j'obéis. Il n'y avait aucun doute sur ce qu'il pouvait voir de moi de cette façon.

« Tu es une bonne fille. Contrairement à Ann, je pense qu'il est préférable que tu ne t'entraînes que pendant ton sommeil. Détends-toi, je vais le retirer. »

Je me détendis, peut-être parce que sa main était sur le bas de mon dos tandis qu'il tirait le plug de mon cul, ou parce que j'étais heureuse de ne pas le porter toute la journée. Je grimaçai et respirai par la bouche pendant qu'il le retirait doucement.

Une fois débarrassée, je me sentis... vide.

« Tu es ravissante, bébé. » Un doigt courut sur ma rosette dilatée et je sursautai. « Chut, tu vois, c'est facile. Ça a tellement bien fonctionné. Ce soir, nous essaierons une taille au-dessus. »

Il recroquevilla son corps sur le mien et je sentis à nouveau ses poils de poitrine me chatouiller le dos. Il chuchota à mon oreille. « Ian t'a-t-il dit qu'on te baiserait tous les matins ? »

Je hochai la tête, ma chatte se crispa, anticipant sa queue. S'il me donnait autant de plaisir qu'hier soir, je n'allais pas me plaindre.

« Bien. Voyons si tu es prête. » Je sentis ses doigts se glisser en moi et il ne faisait aucun doute que j'étais impatiente de l'accueillir. Je soupirai de plaisir, parfaitement prête.

« Oh bébé, tu es tellement mouillée. Est-ce que tu as encore mal ? »

Je secouai la tête. Tout ce que je ressentais était une chaleur délicieuse.

Il se déplaça et retira ses doigts avant de placer son gland contre ma chatte.

« Tu vas me prendre comme ça, par derrière ? » demandai-je, surprise alors qu'il me pénétrait à fond. Je gémis.

« Oh oui, bébé. C'est bien comme ça. »

15

MMA

Le petit déjeuner ressemblait beaucoup au dîner et tout le monde mangeait autour de la grande table. Ann souriait à ses maris et ne semblait pas avoir de problème ni être gênée par ce qui s'était passé la nuit précédente, elle ne tremblait pas, ne s'agitait pas sur sa chaise.

« Merci de m'avoir prêté certains de tes vêtements, » lui dis-je en m'asseyant – Kane me tenait la chaise.

Ann sourit. « Cette robe te va à ravir, même un peu mieux qu'à moi. » Le corsage était un peu trop serré, mais Kane ne semblait s'en plaindre, ses yeux toujours fixés sur ces boutons prêts à lâcher.

Il se pencha vers moi et murmura. « J'aime la silhouette que te donne cette robe. Et puis peut-être que quelques-uns de ces boutons vont sauter ? » Son doigt effleura le bouton du haut.

Je levai les yeux au ciel et lui souris, sachant combien il aimait mes seins.

Une fois assise, je me servis en œufs, mais je remarquai quelques places vides « Où est Ian ? Et, euh... Mason ? »

À côté de moi, Kane prit le plateau de jambon et posa une tranche dans mon assiette, puis une autre sur la sienne. « Il est parti à Bozeman. »

Parti ? Je m'interrompis un instant. « Je pensais qu'il avait du travail ou d'autres choses à faire. Il est parti à cause de ce que tu as dit hier soir ? » Je regardai Simon.

Il acquiesça.

« Pourquoi ? » demandai-je.

Tout le monde jeta un coup d'œil à Kane. Peut-être, puisqu'il était mon mari, était-il chargé de me répondre. « Je t'ai dit que nous avions presque tous servi ensemble à Mohamir sous le commandement d'un certain Evers. Un incident est survenu là-bas et Ian a été impliqué. Il est innocent, mais on lui a tout mis sur le dos.

— Sur le dos ? demandai-je, inquiète pour Ian. Qu'est-ce qu'on lui a mis sur le dos ?

— On raconte qu'il aurait tué un certain nombre de femmes et d'enfants. »

Je restai assise, les yeux écarquillés en entendant les mots de Kane. Ian n'aurait jamais pu tuer des femmes et des enfants. Je ne le connaissais pas depuis longtemps, mais pouvais néanmoins m'en porter garante.

« Oui, ce que dit Brody est vrai. Evers a assassiné une famille. Je ne vais pas entrer dans les détails, ni le pourquoi ni le comment, cette histoire est trop horrible. »

Je posai ma fourchette, ayant perdu mon appétit.

« Quand la nouvelle de ce massacre s'est répandue, Evers a accusé Ian. »

Je fronçai les sourcils. « Pourquoi a-t-il fait ça ?

— Parce qu'Ian est écossais, pas anglais.

— Et alors ?

— Tu ne connais pas l'histoire de l'Angleterre, dit Andrew avec son accent américain. Je n'y connaissais moi non plus avant d'arriver ici et de les rencontrer tous. » Il inclina la tête en indiquant les Anglais autour de la table.

« Les Écossais veulent se libérer des Anglais depuis des siècles. La bataille de Culloden a mis fin aux clans, mais la haine règne toujours dans les veines des hommes des deux côtés. Ian pourrait être jugé et condamné pour le crime d'Evers, rien que parce qu'il est écossais ; la haine a ce pouvoir. »

La panique s'empara de moi. « Nous devons aller le voir. L'empêcher de prendre Ian ! » Je repoussai ma chaise, mais la main de Kane m'arrêta.

« Emma, arrête. » La voix de Kane était profonde et claire.

Je secouai la tête avec fureur. « Non, nous devons l'aider. »

Il baissa la tête pour que ses yeux sombres croisent les miens. « Je ne vais pas te donner la fessée parce que tu te soucies évidemment du sort d'Ian.

— Mais... » Il posa un doigt sur ma lèvre, les sourcils levés.

« Penses-tu que nous resterions ici à déjeuner si nous pensions vraiment qu'Ian est en danger ? »

Dit comme ça, je comprenais que j'agissais avec emportement.

Je laissai mes épaules tomber, abattue. « C'est juste que... »

Kane embrassa mon front, ses lèvres chaudes. « Je sais. »

Savait-il vraiment ce que représentait Ian pour moi ? Il comptait déjà pour moi. De l'amour ? Peut-être pas, mais je ne voulais pas qu'il lui arrive quelque chose de mal. Il m'avait traitée avec le plus grand soin. Avec tendresse, même. L'idée que quelqu'un le malmène de la sorte me laissait un goût amer dans la bouche.

« Evers a-t-il tant de pouvoir ? demandai-je, avide de détails. Il était en poste à Mohamir, un petit pays loin de tout. Je suis désolée, mais cela ne doit pas être la position la plus avantageuse. »

Je jetai un coup d'œil aux hommes autour de moi, un peu craintive, sans plus rien dire.

« Nous nous y plaisions, jusqu'à cet événement. » Kane prit ma main dans la sienne, me rassurant – il n'avait pas mal pris mes propos. « Comme tu le sais, être marié à plusieurs hommes n'est pas une coutume occidentale.

— Cet homme, Evers, a fait tout ce chemin pour ramener Ian en Angleterre ? » Cette idée même me gâchait mon petit déjeuner.

Kane me serra la main. « Evers ne viendrait pas ici. Il est trop important en Angleterre ou du moins il pense l'être. En plus, c'est à l'autre bout du monde. Nous avons bien choisi cet endroit. Une fois que nous avons appris que Evers avait l'intention d'impliquer Ian, nous nous sommes regroupés et avons quitté Mohamir. Pour rester en sécurité, loin de ses manigances.

— Ici, nous avons trouvé un endroit pour nous installer, pour commencer une vie à la façon des gens de Mohamir, ajouta Simon.

— Une femme avec plusieurs maris, finis-je.

— Ce n'est pas de cette manière que j'ai été élevée, me dit Ann et elle se tourna vers Robert, puis Andrew. Mais j'étais dans une situation désespérée et je devais me marier. Robert avait promis de prendre soin de moi, de me protéger et de s'assurer que je ne reverrais jamais mon père. C'était un homme... cruel. »

Une vieille douleur la fit grimacer.

« Je l'ai désirée dès que je l'ai vue, dit Robert qui embrassait les phalanges d'Ann, ce qui la fit sourire.

— Ce fut une surprise lorsque j'ai appris qu'Andrew m'avait aussi revendiquée comme épouse. C'était... compliqué. » Elle rit et Andrew sourit. Ils étaient clairement heureux maintenant, amoureux même, et je me rappelais les avoir vus faire l'amour ensemble, accaparés par leur plaisir.

« Que devons-nous faire alors, rester les bras croisés en attendant leur retour ? demandai-je, me sentant impuissante.

— Il y a beaucoup de choses à faire dans le ranch, dit Simon en revenant de la cuisine avec une assiette remplie de jambon. Nous travaillons pour le bien commun. Nous nous occupons tour à tour de la cuisine comme tu l'as vu hier soir. C'était mon tour ce matin. Il y a de quoi faire. Chevaux, bétail, clôtures, entretien des bâtiments, la liste n'en finit pas.

— Qu'est-ce qui pourrait t'intéresser, bébé ? » me demanda Kane.

Je réfléchis un instant. J'avais grandi avec un cuisinier, une femme de ménage et d'autres personnes pour prendre en charge les tâches les plus banales. J'étais... j'avais été une femme de la société et n'étais pas une adepte de la vie à la campagne.

« Je sais monter à cheval. Peut-être que je peux aider dans les écuries ? » Je regardai Kane, puis les autres hommes autour de la table.

« Alors nous commencerons la journée là-bas. »

———

« Détends-toi Emma, » dit Kane d'un ton apaisant. J'étais sur le ventre, les genoux repliés sous moi dans la position habituelle pour que le plug soit inséré ou retiré. Le jour venait de se lever et je l'avais eu dans le derrière toute la nuit. .

« Je... je suis désolée, répondis-je en prenant une profonde inspiration, bien que cela ne fasse rien pour me calmer.

— Tu viens à peine de te réveiller. Pourquoi es-tu aussi tendue ? » Il avait retiré ses mains d'entre mes cuisses et me caressait le dos.

Je soupirai contre mon oreiller. « Ian. Je m'inquiète pour Ian. »

Sa main continua, son mouvement lent et apaisant. « Bébé, il n'y a aucune raison de s'inquiéter. Il va bien. »

Je le regardai par-dessus mon épaule, toujours impressionnée. Des épaules larges, un torse ferme et des poils noirs qui couraient jusqu'à la base de sa queue. Sa queue était toujours dressée ; je ne l'avais encore jamais vue au repos, même après une bonne baise. Des mèches indisciplinées lui tombaient sur le front. Le sommeil avait adouci ses traits, si c'était vraiment possible. J'étais... fascinée.

« Ça fait cinq jours, » boudai-je. Ian me manquait. Je devais bien avouer que je voulais mes deux hommes. Je voulais Kane... et Ian. Il me manquait quelque chose, quelqu'un, quand Ian n'était pas là.

« Je pensais que tout ce temps passé avec les chevaux t'aurait distrait. »

Je secouai la tête, déçue. « Ça m'a plu, surtout de monter à califourchon, plutôt qu'en amazone. Mais ça semble tellement dérisoire comparé aux défis d'Ian. »

Sa main glissa jusqu'au bas de mon dos pour me caresser les fesses. « Respire profondément et pousse. C'est tout. C'est bien. » Il me retira le plug et ne tarda pas à me fourrer ses doigts. C'était notre routine depuis le départ de Ian. « Tu t'es bien débrouillée. Je peux déjà glisser deux doigts. »

Je respirai profondément sous ses caresses ; ses deux doigts – de très gros doigts – s'écartèrent et me dilatèrent encore plus le cul. Je ne m'habituerais jamais à ce sentiment. C'était étrange et inconfortable, pourtant, les sensations que suscitaient ces caresses me faisaient haleter et même jouir. Je n'aimais pas ça, mais j'en raffolais pourtant.

« Ian sera tellement content quand il reviendra. Il voudra voir tes progrès, te voir prendre des plugs de plus en plus gros. Tu seras prête pour sa queue. Pourquoi ça lui plaira à ton avis ? »

Je gémis tandis qu'il enfonçait encore ses doigts, le lubrifiant laissé par le plug lui facilitait la tâche. « Parce que... parce qu'il va me baiser par là.

— Exactement. Il va prendre ton cul vierge. Après, on te baisera tous les deux. Ensemble. Ian va te baiser le cul pendant que je baiserai ta petite chatte. Pourquoi ? »

Il m'avait dit ces mots tous les matins en me baisant. C'était un rappel quotidien de l'inclusion de Ian dans notre mariage, que nous ne serions pas au complet sans lui. Il m'entraînait pour Ian.

« Pour que nous ne formions qu'un. »

Kane se plaça derrière moi et positionna son gland contre ma chatte. Il était si gros que chaque fois qu'il me prenait, il me dilatait. « Ce sera comme ça, mais en mieux. Mes doigts sont certainement un pauvre substitut à la grosse queue de Ian. »

Il me pénétra profondément, remplissant ma chatte, ses doigts dans mon cul, me poussant à me soumettre complètement. Kane avait raison. Sans Ian, j'arrivais à jouir, mais le plaisir n'était pas le même, pas sans avoir sa queue en moi.

16

MMA

Un des défis de la vie dans le ranch était le manque de solitude. Kane restait près de moi du dîner jusqu'au petit-déjeuner. Après avoir mangé le matin, il partait faire toutes ces corvées du jour. Réparation d'un puits, préparation d'une jument pour un étalon impatient, installation de fils barbelés, voyage en ville pour l'approvisionnement. La liste n'en finissait jamais. Quand Kane n'était pas à la maison, je travaillais habituellement avec au moins un autre homme dans les écuries, sinon plus. Ann aimait travailler dans le jardin, l'immense lopin de terre où poussaient toutes sortes de légumes et de fruits permettait de nous créer un garde-manger pour l'hiver.

Aujourd'hui, les hommes travaillaient loin et j'étais seule dans les écuries. Je montais chaque jour en promettant de ne pas m'éloigner des bâtiments pour ma propre sécurité. Heureusement, je n'avais rien fait pour justifier une punition de la part de Kane en l'absence d'Ian, ce qui m'avait aidée à m'habituer à mes tâches quotidiennes.

Après avoir sellé le cheval que Kane m'avait choisi, je fis sortir l'animal et le lançai au galop en plein soleil. L'air était chaud et frais ; une averse pendant la nuit avait tout nettoyé.

Je sortais de ma poche une carotte que j'avais volée en cuisine pour la donner à mon cheval quand quelque chose au loin attira mon attention. C'était un groupe d'hommes, ils étaient quatre, à cheval, mais je n'arrivais pas à les reconnaître. Ils étaient au sommet du colline au sud, dans la direction opposée à la ville.

Un malaise me noua l'estomac – aucun des hommes du ranch n'était parti de ce côté. Kane était avec Brody et Simon – ils s'occupaient d'un veau malade dans le pâturage nord. Rhys et Cross installaient des barbelés sur une clôture à l'ouest. Ann était probablement encore dans le jardin.

Lentement, ils s'approchèrent, leurs chevaux marchant comme s'ils n'étaient absolument pas pressé. Je le reconnus très vite, même à une telle distance, car je connaissais bien la posture de Ian, la largeur de ses épaules. Il était avec trois autres hommes. Des étrangers. Oh mon Dieu.

Laissant tomber les rênes, je partis en sprint jusqu'aux écuries pour récupérer le fusil chargé, pendu à des clous sur la cloison, prêt à être utilisé en cas de danger. Kane me l'avait signalé le premier jour, m'assurant qu'il connaissait tous les dangers du coin et qu'il saurait aussi m'en protéger.

J'avais déjà utilisé un fusil. Avant la mort de mes parents, mon père m'avait forcé à m'entraîner jusqu'à ce que je sache viser. Il m'avait également façonné une vie qui ne justifiait pas de se servir de ce genre d'objet. Jusqu'à maintenant.

Je remontai en selle, je montai prudemment avec cette arme chargée et ma longue jupe, je poussai mes talons contre les flancs de ma monture.

« Ann ! » criai-je alors que je déboulais dans le jardin, la terre se soulevant autour de moi en un tourbillon doux.

Elle se tenait debout près des framboises.

« Ian arrive avec plusieurs hommes. »

Ses yeux s'écarquillèrent sous le chapeau la protégeant du soleil, à cause de mes paroles et probablement de l'arme que je gardais près de moi. « Tu ne vas quand même pas à leur rencontre ?

— Ce sont les hommes qui le cherchaient. J'en suis sûre.

— Comment peux-tu en être certaine ? » demanda-t-elle, la tête tournée en direction de la colline, main contre le front pour bloquer le soleil.

Je secouai la tête. « Je le sais, c'est tout. » Mon cœur battait la chamade et je respirais comme si j'avais couru jusqu'au jardin.

« Tu ne peux pas y aller toute seule ! » Son regard s'emplit d'effroi.

« Et s'ils venaient pour les autres ? » J'ai regardé dans la direction opposée pour voir nos hommes. « Tu veux qu'ils soient tous pris ? Tués ?

— C'est toi qui risques d'être tuée, répondit-elle en me montrant du doigt.

— Pour me défendre, j'ai le fusil.

— Emma ! » cria-t-elle, mais j'avais déjà lancé mon cheval au galop.

Mon chapeau s'envola, rebondissant contre mon dos, accroché à mon cou par un petit ruban. Ian était de retour et il était en danger.

Quand les hommes me virent approcher, ils s'arrêtèrent. Je ralentis, au trot, plaçant le fusil de manière à pouvoir viser et tirer à volonté.

Ian se trouvait bien devant moi, Mason était à sa gauche, je le reconnaissais maintenant, deux étrangers à sa droite. Ils avaient tous l'air épuisés, leurs vêtements poussiéreux, la peau tannée par le soleil. La longueur de leur barbe me révélait qu'ils avaient passé plusieurs jours en selle. À mes yeux, Ian était magnifique. Il était entier et semblait indemne. L'expression de son visage, cependant, indiquait que la situation était grave.

« Vous n'êtes pas les bienvenus ici. Laissez Ian et je ne vous tirerai pas dessus, » dis-je.

Les autres hommes me regardaient avec des regards confus où se mêlaient amusement, colère et surprise. Aucun n'était armé comme moi, cependant des crosses de fusil dépassaient de deux des sacs. Ils restaient détendus sur leur selle, les mains posées sur les pommeaux.

« Tu crois que la gonzesse nous tirerait dessus ? » demanda un des hommes à Ian. Il avait le même accent que Ian.

Mon mari ne me quittait plus des yeux, mais ses pupilles s'étaient étrécies à cette question.

« Je n'en sais rien, répondit-il. Emma, pose ton arme.

— Non, répondis-je en secouant la tête. Je ne laisserai pas ces hommes te ramener en Angleterre. » Je levai le fusil pour le pointer vers l'homme tout à droite. Il leva lentement les mains et les sourcils.

« Je suppose que c'est votre femme, commenta l'homme.

— Oui, répondit Ian, d'une voix sévère. Emma, pose ton arme. » Il se montrait plus insistant cette fois.

« Nous ne comptons pas emmener votre mari en Angleterre, » déclara l'autre étranger. Je levai le fusil dans sa direction.

« Ce n'est pas eux, Emma, ajouta Mason.

— Comment puis-je savoir que tu ne mens pas ? » Mes mains étaient moites et mes épaules commençaient à me faire mal, mais je voulais la vérité.

« Parce que je te le dis, » fit Ian. Il poussa son cheval vers l'avant jusqu'à se placer à côté de moi pour me prendre l'arme de mes mains. Je soufflai de soulagement, heureuse de voir Ian prendre les choses en main, de même que les trois autres hommes. « Et que Mason te le dit aussi. »

Je pouvais voir un tic dans sa barbe, ses yeux n'étaient pas chargés de désir, comme je le souhaitais, mais de colère. « Est-ce que tu es stupide ? demanda-t-il, d'une voix forte. Ça ne va pas d'agiter un fusil devant un groupe d'hommes que tu ne connais même pas ? »

Son accent écossais était plus fort que d'habitude.

« Je sais que tu es innocent, affirmai-je.

— Il l'est, » dit l'un des hommes derrière lui.

Je restai bouche bée et regardai Ian pour confirmation.

« Ces hommes sont MacDonald et McPherson. Des Écossais comme moi. Ils faisaient partie de notre régiment à Mohamir et sont venus nous rejoindre. »

Je fixai Ian, puis ces hommes. Ils ôtèrent leur chapeau et je rougis. Mason secoua la tête avec subtilité, comme s'il était incrédule.

« Oh mon Dieu, » murmurai-je, honteuse.

Ian se retourna et lança le fusil à l'un des autres hommes, qui l'attrapa facilement comme s'il était habitué à ce type d'armes. Mon mari descendit de son cheval, vint se poster à mes côtés, les bras écartés. « Descends, Emma.

— Mais alors pourquoi sont-ils ici ? » demandai-je, sans lui obéir.

Il soupira, mais sa colère ne diminua pas. « Comme je te l'ai dit, ils sont venus vivre ici. Ils viennent d'émigrer en Amérique.

— Quoi ? » Je ne m'y attendais pas du tout. Je tournai brièvement la tête vers le autres, qui acquiesçaient tous pour me confirmer ces informations.

« MacDonald est le frère de Simon. Maintenant, descends de ce foutu cheval. »

Maintenant qu'il le disait, la ressemblance était évidente. Oh mon dieu, j'étais dans de beaux draps.

Je baissai les yeux sur Ian pendant quelques instants. Son regard, sa mâchoire, le timbre de sa voix ne me laissaient aucun doute, j'allais avoir des problèmes. Passant une jambe par-dessus la selle, je laissai Ian me poser à terre, me prendre la main et me traîner jusqu'à un grand rocher, l'un des nombreux qui parsemaient le paysage accidenté. Il s'assit et me tira brusquement sur ses genoux.

« Ian ! » criai-je, juste avant d'avoir le souffle coupé. Je m'attendais à recevoir un câlin, un baiser, quelque chose qui mette fin à la sécheresse d'attention et d'affection que ses jours d'absence avaient apportées.

Sans cérémonie, il souleva ma jupe sur mon dos, exposant mon cul nu à l'air et à ces trois témoins. Il ne dit rien, ne s'attarda pas, mais il me colla une fessée – forte –, toute ma chair en fut meurtrie.

« Tu ne dois pas te mettre en danger de cette manière. »

Clac.

« Tu es venue toute seule. »

Clac.

« Tu as apporté une arme qui aurait pu être utilisée contre toi. »

Clac.

« Est-ce que tu imagines que Mason et moi sommes si faibles que nous ne pourrions pas nous débarrasser de deux hommes ? »

Clac.

« Où diable est Kane ? »

Clac. Clac. Clac

Je m'étais mise à pleurer, mes mains agrippant les hautes herbes. Les coups brûlants m'avaient meurtrie et contrite. Je m'étais mise en danger sans me soucier de ma sécurité. J'avais pointé une arme vers des hommes plus nombreux que moi et qui auraient pu me maîtriser assez facilement. J'avais été entêtée et folle.

« Ils allaient t'emmener ! criai-je avant de renifler.

— C'est un sacré bout de femme, mon garçon. » La voix venait de derrière moi. Oh les hommes ! J'avais oublié qu'ils étaient là et qu'ils reluquaient assurément ma punition.

« J'aimerais qu'une fille me défende comme ça. » La voix d'un autre homme couvrit le son de la paume de Ian frappant ma chair déjà attendrie.

« Tu aimerais, mais alors tu lui fesserais le cul comme Ian. »

Les larmes coulaient sur mes joues alors que Ian continuait, mon humiliation était complète, non seulement à cause de ces inconnus qui commentaient mon malheur comme si de rien n'était, mais aussi à cause des chevaux qui approchaient – les hommes du ranch allaient me voir dans cette posture.

J'entendais les hommes parler, mais je ne les comprenais pas – cette fessée me plongeait dans le brouillard, chaque coup plein de véhémence. Je succombai. J'étais hors de contrôle, à la merci de Ian et de sa paume, de sa colère, de sa peur. Je n'avais plus qu'à attendre. Sa colère était due à la peur que j'avais provoquée. Sa punition visait à lui assurer que je serais saine et sauve à l'avenir, mais lui permettait aussi de se calmer les nerfs – j'aurais pu être blessée, si des hommes plus dangereux avaient débarqué.

« Tu as fini ? »

Kane.

« Ouais.

— Bien. C'est mon tour. »

La fessée reprit avec encore plus de sévérité, c'était la paume de Kane, mais il n'ajouta que cinq coups au compte.

Mon monde s'effondrait et j'étais prise de vertige en atterrissant sur les cuisses dures d'Ian. J'eus le souffle coupé à ce contact. J'essuyai les traces de larmes sur mes joues en reniflant. « Je suis... je suis désolée, » marmonnai-je, en essayant de récupérer.

Kane s'agenouilla à côté de moi. « Tu m'as enlevé dix ans de ma vie, tu m'as fait tellement peur.

— Est-ce que vous allez me fesser à nouveau ? » demandai-je en jetant un coup d'œil à mes deux hommes. Ils me regardaient avec un mélange de peur et de colère. Kane respirait fort et la sueur couvrait son front.

« Non, dit Ian. Je vais te baiser. » Je sentis la vérité de ses paroles jusque dans ma colonne vertébrale.

« Maintenant ? Ici ? » Il y avait là les deux étrangers qui étaient arrivés avec Ian, plus Mason. Du ranch, débarquaient Brody, Simon et Cross. Simon et son frère s'étreignaient et se tapaient mutuellement dans le dos, visiblement ravis de se retrouver après tant d'années.

« Maintenant. Ici, » répéta Ian, me soulevant sur ses genoux, je restai donc assise à califourchon sur ses cuisses, mais cette fois avec mes genoux de chaque côté de ses hanches. Kane attrapa ma robe et l'enroula autour de ma taille, sur le côté. Ian défit la braguette de son pantalon et en tira sa queue gonflée. Sans même me laisser la possibilité de penser à ce que nous allions faire, il me souleva par la taille et m'abaissa directement sur son sexe, pénétrant ma chatte d'un seul coup.

« Oh ! » criai-je, me sentant rassasiée et surprise de voir à quel point je mouillais pour lui. Je voulais me lever et m'abaisser sur lui, utiliser sa queue pour rechercher mon plaisir, mais il ne me laissait pas faire. Ses mains, agrippées à ma taille, me tenaient en place alors qu'il agitait ses hanches, les plaquant contre moi. Il m'utilisait.

« Non ! Les autres regardent. » Je poussai contre ses épaules pour me relever. Je le sentais à l'intérieur de moi, une sensation... délicieuse, mais je ne voulais pas être regardée, exhibée de cette manière. « C'est... c'est privé !

— Arrête, bébé. » La voix de Kane coupa court à ma panique. « Les hommes, ils sont partis. » Tenant fermement la chemise de Ian, je tournai la tête et vis le dos des autres qui s'éloignaient. « Ce n'est pas une pièce de théâtre. Ta punition était justifiée à cause de ton comportement irresponsable et ils l'ont vue, sachant maintenant que tu as compris et que tu ne mettras plus ta vie, ou celles des autres, en danger. Mais ils n'avaient pas besoin de nous voir te baiser. »

Je me relâchai, ce qui laissa Ian me pénétrer plus profond encore. Il frottait contre l'entrée de mon ventre et je gémis.

« Tu n'as pas le droit de jouir, Emma. » Ian me prenait fort, me pénétrait sauvagement. Mon souffle s'échappait à chaque coup de rein. « Ouvre sa robe. Je veux voir ses seins. »

Kane se mit derrière moi, tendit le bras et déchira mon corsage, de petits boutons volant dans les airs. Plongeant ses mains dans mon corset, Kane souleva mes seins.

« Oh, regarde-toi. J'adore te voir te faire bien baiser, » dit Kane à mon oreille.

Je gémis sous leurs assauts.

« Tu es si belle. Peux-tu sentir à quel point Ian te veut ? Combien tu lui as manqué ? Combien il a eu peur en te voyant accourir ? »

Mes seins tremblaient à chaque fois que mes cuisses frappaient contre les siennes. Le bruit de mon excitation, de ma mouille, emplissait l'air.

« Ne jouis pas, Emma, » avertit Kane.

Ma tête tomba en arrière, mes yeux fermés alors que je haletais. « Pourquoi ? » Ian me suça un téton, le tirant, jouant avec la pointe.

« Tu dois savoir à quel point tu m'as énervé en grimpant cette colline, » grogna Ian contre ma poitrine. Sa courte barbe était à la fois douce et piquante, elle ne faisait que renforcer ma sensibilité. « À quel point, j'étais fou de peur. Incontrôlable. Ce n'est pas ton travail de me secourir. C'est ton travail de rester en sécurité, sinon tu vas me rendre fou. »

Ses mains se resserrèrent autour de ma taille, sa bite se gonflait à l'intérieur de moi alors qu'il jouissait, son foutre m'emplissait.

Son front en sueur restait plaqué contre mes seins alors qu'il se remettait de ses émotions, le souffle lourd, mais il relâcha prise. Non pas que j'eus l'intention de bouger. J'avais sa queue qui me remplissait et je voulais jouir, il n'y avait que lui pour me le permettre. Je me crispai autour de lui, je ressentais des tremblements de désir, mais cela ne suffisait pas à me faire jouir. J'allais visiblement devoir m'en passer cette fois. Même bouger mes hanches n'offrait aucun soulagement.

« Est-elle prête ? demanda Ian, son souffle chaud contre ma poitrine.

— Oui, » répondit Kane.

Il leva la tête et me regarda. Le désir lui crispait toujours la mâchoire, ses yeux pâles encore voilés par le plaisir. « Ton cul est prêt pour moi, Emma ? »

Je serrai sa bite une fois de plus, l'idée qu'il me prenne comme ils l'avaient prévu accentuait mon excitation. J'en avais tellement envie, je désirais tellement jouir, le sexe de Ian enfoui en moi, immobile. « Oui. » Je répétai les mots de Kane.

Ian saisit une de mes mèches de cheveux.

« Alors il est temps. »

17

Je nettoyai la saleté et la sueur accumulées pendant le voyage. L'eau dans la cuve était froide, mais c'était quand même important. Les cris de plaisir et de désir d'Emma flottaient dans l'air depuis la chambre de Kane. Après m'être remis de l'avoir baisée – et de la peur qu'elle m'avait fichu – je l'avais calée sur mes genoux pour le trajet de retour à la maison. Je n'avais pas craint pour sa sécurité – jamais nous ne lui aurions fait aucun mal – mais savoir qu'elle était capable de faire une chose aussi dangereuse avait déclenché ma colère. Elle n'avait pas pensé à sa sécurité. Elle était prête à tout pour moi.

Mason nous attendait pour s'occuper des chevaux, mais Kane et moi devions prendre soin de notre femme. Une fois en haut, nous l'avons déshabillée et attachée sans ménagement – ses mains fixées à la tête de lit en laiton.

Cela n'avait pas été fait sans questions ni opposition de la part d'Emma, qui s'excusait avec véhémence et protestait. Elle n'avait pas le droit de partir et de faire une chose aussi dangereuse. Pendant que je me lavais, Kane la préparait, la titillait, mais sans l'autoriser à jouir. La fessée avait été sa punition, mais nous allions maintenant la torturer de plaisir et je m'en réjouissais.

Quand j'avais rencontré MacDonald et McPherson à Bozeman, je m'attendais à devoir tuer quelqu'un ou être tué. Aucune chance que je me laisse embarquer en Angleterre. Et puis, si Evers m'avait effectivement retrouvé, il ne m'aurait pas laissé faire ce voyage vivant. Quand j'avais découvert que ces amis étaient les hommes dont Simon avait entendu parler, j'avais éprouvé un soulagement incommensurable. Découvrir qu'ils souhaitaient vivre avec nous dans le Montana, recommencer à zéro, me rendit heureux. Je savais que Simon serait content de retrouver son frère.

Et nous rentrions donc, tous joyeux jusqu'à ce qu'Emma se précipite vers nous comme une furie, belle et farouche. Ce manque de considération pour sa propre sécurité me prouvait qu'elle considérait que je lui appartenais autant qu'elle m'appartenait. Cette révélation me fit sourire, assis nu dans une petite baignoire, les genoux presque aux oreilles. Elle n'avait pas dit qu'elle nous aimait, mais ses actions parlaient pour elle. Elle n'aurait pas couru ce danger si elle ne se souciait pas de moi. Je me sentais en paix pour la première fois depuis des lustres. Evers restait une menace, mais je ne pouvais pas vivre ma vie dans la peur constante. Je pourrais cependant vivre le reste de mes jours avec Emma. J'étais possessif avec elle, peut-être excessivement, mais c'était ce qu'un mari doit ressentir pour sa femme. La protection, la possessivité et toutes ces émotions de l'amour. Je sortis du bain en me hâtant et retournai près de ma famille.

Kane lui tenait les jambes écartées, les genoux pliés. Une main entre ses cuisses, deux doigts dans le cul. De l'endroit où je me tenais à la porte, je le voyais s'assurer qu'elle soit complètement lubrifiée.

Emma était magnifique. Ses yeux étaient fermés, sa tête en arrière, sa bouche ouverte. Ses boucles sombres se déployaient sur l'oreiller derrière elle, ses bras autour de sa tête, ses poignets attachés. Ce placement forçait ses seins vers le haut, ses tétons roses dressés. Peut-être que les gémissements que j'avais entendus dans la baignoire étaient ceux de Kane qui profitait d'elle. Il restait de la longueur de corde, mais les nœuds qui la retenaient étaient suffisants. Elle était juste où nous la voulions.

Kane me regarda, son regard voilé, son désir évident dans la rigidité de sa queue. À un moment donné, il s'était aussi déshabillé. « Elle est prête.

— Oui, s'il te plaît. Ian, je dois jouir ! » Emma supplia, sa respiration était saccadée et profonde.

Kane alla s'allonger à côté d'Emma. Je m'agenouillai sur le lit, je soulevai Emma et la retournai pour qu'elle soit à cheval sur Kane, les genoux de chaque côté des hanches de son mari. Les poignets attachés, elle ne pouvait plus bouger. Kane glissa la tête entre ses bras. Alors que je tendis la main vers le pot de lubrifiant, Kane déplaça Emma comme il le voulait et la força à s'abaisser sur sa queue. Mon foutre rendait l'action facile et les deux émettaient des sons de plaisir.

En recouvrant mes doigts, je testai sa rosette serrée. Cela faisait des jours que je ne l'avais pas touchée ici, mais Kane m'avait assuré de sa disponibilité. Je pris un moment pour jouer, enfonçant mes doigts dans cette ouverture lisse, poussant contre l'anneau serré. Quand mes doigts glissèrent sans trop d'effort, je sus qu'il avait raison. La sentir avec la bite de Kane juste là, séparée de mes doigts par une simple membrane, me contractait les couilles et attisait mon envie de la prendre.

« Oh mon Dieu, gémit Emma.

— Il est temps, bébé. Il est temps de te faire nôtre.

— Oui ! » cria-t-elle alors que Kane plaquait ses hanches contre elle.

Après avoir couvert ma bite de lubrifiant, je poussai mon gland contre son trou vierge. Je l'avais pris peu de temps avant, mais mon sexe palpitait, j'avais envie de sentir à nouveau sa chair autour de lui. Avec précaution, lentement, je m'avançai, sachant que mon sexe était plus gros que les plugs que Kane avait utilisés pendant mon absence. Elle pouvait se dilater pour ces choses, mais une bite était différente. Plus grosse, plus profonde et certainement plus dure.

Passant une main dans son dos, la calmant, je murmurai des mots d'encouragement. Gentille fille. Tu es à nous maintenant. Ah, tu sens ma bite en toi. Elle s'enfonce encore. J'adore te voir prendre nos deux bites. Respire, bébé. C'est tout. Je suis là tout entier.

Elle était complètement remplie. De petits miaulements s'échappèrent de sa gorge alors qu'elle se tenait parfaitement immobile. Je croisais le regard de Kane. Sa mâchoire était serrée, il tentait de ne pas jouir tout de suite, tout comme moi. Nous avions tous les deux pris un moment pour la laisser s'installer, la laisser s'ajuster pour nous prendre entièrement. Son dos était si soyeux et lisse contre ma poitrine. Kane tendit les mains pour agripper sa poitrine, frotta ses pouces contre ses tétons sensibles. Les mains liées, elle ne pouvait rien faire d'autre qu'accepter tout ce que nous lui offrions.

« Elles sont tellement grosses. Je suis empalée. Je... je ne sais pas quoi faire, » gémit-elle. Sa peau pâle était recouverte d'un voile de transpiration et ses cheveux collaient à sa peau humide. Elle se lécha les lèvres, les yeux fermés.

« Tu n'as rien à faire, bébé. Il est temps que nous prenions soin de toi, » dit Kane. Il m'adressa un bref signe de tête avant de bouger, de se reculer de sorte qu'il s'était presque retiré, puis il se glissa à l'intérieur. À contretemps, je reculai, pour que nous la prenions tour à tour, le premier la pénétrait tandis que l'autre se retirait. Nous gardions un rythme lent, un rythme constant et abrutissant. « C'est là que tu es bien. Entre nous. Tu étais faite pour être remplie par nos bites. Tu es à nous, bébé.

— Tu es à nous, » grognai-je.

Emma était perdue, sauvage, abandonnée. Elle cria, les larmes coulant sur ses joues alors qu'elle poussait ses seins dans les paumes de Kane. Nous ne nous sommes pas arrêtés, nous ne l'avons pas laissée reprendre son souffle. « Oui !

— Jouis, bébé. Ton plaisir nous appartient. Tu nous appartiens. »

Sur mon ordre, elle jouit, criant si fort que les hommes de l'écurie durent l'entendre. Son corps se serra et pulsa autour de ma bite, ce qui me poussa à jouir juste après elle. Je ne pouvais pas me retenir. Je l'emplis de foutre. Kane suivit immédiatement après, la tirant contre sa poitrine, la laissant se remettre alors que nous étions unis.

EMMA

J'AVAIS DÛ M'ENDORMIR, CAR À MON RÉVEIL, J'ÉTAIS BLOTTI contre Kane, Ian pressé contre mon dos, mon corps se sentant vide sans leurs queues. Je sentais cependant les restes de leurs foutres, collants et chauds dans ma chatte et sur mes cuisses. Mes mains avaient été relâchées. La lumière du jour brillait dans la salle, le repas de midi approchait. Nous étions au lit, allongés pendant une journée d'été. C'était... décadent.

Je me délectais de la sensation des deux hommes qui m'entouraient.

Ian était rentré. Il était en sécurité.

Kane embrassa mon front alors que je sentais la main d'Ian me caresser le dos.

« Tu ne vas pas essayer de me sauver à nouveau, Emma, dit Ian, juste avant d'embrasser mon dos.

— Nous sommes là pour te protéger. Nous sommes deux, alors que tu es toute seule, ajouta Kane.

— Mais vous êtes irremplaçables ! » Ne comprenaient-ils que j'avais besoin des deux ?

— Ah, fillette, souffla Ian. C'est notre travail de te protéger. De te prendre comme nous venons de le faire.

— Votre foutre dégouline encore de moi, répondis-je sèchement.

— Mmm, oui. C'est un beau spectacle.

Je tournai négligemment mon doigt dans les poils de poitrine de Kane. « Si votre travail est de me protéger, quel est mon travail à moi ? »

Kane se recula et me tourna, j'étais sur le dos entre eux deux. Il plongea sa main entre mes cuisses et à travers leurs foutres mêlés. Je regardais dans ses yeux sombres. Toute trace de colère, de désir avait disparu. À sa place se trouvait très certainement la possessivité dont il parlait. « Prendre notre semence. Encore et encore jusqu'à ce qu'elle prenne racine et que tu nous offres un enfant. »

Ian se dressa sur le coude de l'autre côté et me regarda. « Est-ce que c'est suffisant pour faire un bébé, fillette ? Nous sommes une famille et bientôt, espérons-le très bientôt, une famille en pleine croissance. Rien ne nous séparera.

— Rien, répéta Kane.

— Et les autres ? »

Kane fronça les sourcils. « Tu nous parles d'autres hommes, pendant que Ian joue avec ta chatte ?

— Il faudra qu'ils se trouvent leurs propres épouses, murmura Ian. Peut-être, Kane, que nous n'en avons pas assez fait assez pour lui rappeler à qui elle appartient. »

Il glissa un doigt en moi et je soupirai. « Je ... je m'en souviens.

— Je n'en suis pas si sûr, répliqua Kane. Puisqu'il est de ton devoir de faire un bébé, il est certainement de celui de tes hommes de t'emplir d'assez de semence pour le faire.

— Je... je ne voudrais pas que vous soyez négligents dans vos fonctions, » dis-je, mes yeux se fermant alors que mes jambes s'écartaient.

Ian se plaça entre mes jambes et me pénétra d'un coup de rein. « Je n'en aurai jamais assez, fillette. »

Son souffle contre mon cou.

« Jamais, ajouta Kane.

— Jamais, » murmurai-je alors que mes maris me prenaient encore une fois.

OBTENEZ UN LIVRE GRATUIT !

Abonnez-vous à ma liste de diffusion pour être le premier à connaître les nouveautés, les livres gratuits, les promotions et autres informations de l'auteur.

livresromance.com

CONTACTER VANESSA VALE

Vous pouvez contacter Vanessa Vale via son site internet, sa page Facebook, son compte Instagram, et son profil Goodreads via les liens suivants :

Abonnez-vous à ma liste de lecteurs VIP français ici :
livresromance.com
Web :
https://vanessavaleauthor.com
Facebook :
https://www.facebook.com/vanessavaleauthor/
Instagram :
https://instagram.com/vanessa_vale_author
Goodreads :
https://www.goodreads.com/author/show/9835889.Vanessa_Vale

À PROPOS DE L'AUTEUR

Vanessa Vale vit aux États-Unis et elle est l'auteur de plus de 60 best-sellers romantiques et sexy, dont notamment sa populaire série de romans historiques Bridgewater et ses romances contemporaines érotiques mettant en vedette de mauvais garçons qui n'ont pas peur de dévoiler leurs sentiments. Quand elle n'écrit pas, Vanessa savoure la folie que constitue le fait d'élever deux garçons et tout en essayant de chercher à savoir combien de repas elle peut préparer avec une cocotte-minute. Même si elle n'est pas aussi experte en réseaux sociaux que ses enfants, elle aime interagir avec les lecteurs.

Tous les livres en Français:

https://vanessavaleauthor.com/book-categories/francais/

www.ingramcontent.com/pod-product-compliance
Lightning Source LLC
LaVergne TN
LVHW011836060526
838200LV00053B/4049